Olga Tokarczuk
Der Schrank

Erzählungen

Aus dem Polnischen von
Esther Kinsky

Gatsby

Die ersten drei Geschichten dieses Bandes erschienen erstmals 1998
unter dem Titel *Szafa* im Verlag Ruta, Warschau.
Die deutsche Erstausgabe erschien 2000 in der
Deutschen Verlags-Anstalt, Stuttgart und München.

Videoporträt von Olga Tokarczuk auf
www.kampaverlag.ch/kampa-tv

Für den Blick hinter die Verlagskulissen:
www.kampaverlag.ch/newsletter

Gatsby Bücher erscheinen im
Kampa Verlag.

Coverillustration und -gestaltung: Kuzin & Kolling,
Büro für Gestaltung, Hamburg,
nach einem Entwurf von
Designbüro Lübbeke Naumann Thoben, Köln
Satz: Herr K | Jan Kermes, Leipzig
Gesetzt aus der Stempel Garamond LT
Druck und Bindung: Friedrich Pustet, Regensburg
Auch als E-Book erhältlich
ISBN 978 3 311 21014 6

Inhalt

Der Schrank

Als wir hier einzogen, kauften wir *den* Schrank. Er war dunkel und alt und kostete weniger als der Transport vom Geschäft zu unserem Haus. Er hatte zwei Türen, die mit einem Pflanzenornament verziert waren, die dritte Tür war aus Glas, und in der Scheibe spiegelte sich die ganze Stadt, als wir ihn mit einem gemieteten Lieferwagen nach Hause brachten. Wir mussten eine Kordel um den Schrank binden, damit sich die Türen während der Fahrt nicht öffneten. Damals, als ich mit der verknoteten Kordel vor dem Schrank stand, hatte ich zum ersten Mal dieses Gefühl der Unsinnigkeit meiner Existenz. »Er passt gut zu unseren Möbeln«, sagte R. und strich zärtlich über den hölzernen Körper des Schranks, ganz so, als handele es sich um eine Kuh, die man für den neuen Hof gekauft hat. Zuerst stellten wir ihn im Flur auf. Das sollte seine Quarantäne sein, bevor er in die Welt unseres Schlafzimmers eingelassen wurde. Ich spritzte Terpentin in die kaum sichtbaren Löcher, eine zuverlässige Impfung gegen den Zahn der Zeit. In der Nacht gab der an seinen neuen Ort verpflanzte Schrank knarrende Seufzer von sich. Die sterbenden Holzwürmer klagten.

Im Laufe der nächsten Tage räumten wir in unserer neuen alten Wohnung auf. In einer Fußbodenritze fand ich eine Gabel mit einem eingravierten Hakenkreuz auf dem Griff. Hinter der Holztäfelung sahen die Reste einer alten vergilbten Zeitung hervor, das einzige noch lesbare Wort war *Proletarier*. R. öffnete das Fenster weit, um die Gardinen aufzuhängen, und der Lärm der Bergmannskapellen, die gegen Abend durch die Stadt zogen, drang ins Zimmer. In der ersten Nacht, in der der Schrank unsere Träume mit uns teilte, konnten wir lange nicht einschlafen. R.s Hand fuhr schlaflos über meinen Bauch. Von da an hatten wir gemeinsame Träume. Wir träumten von einer absoluten Stille, einer Stille, in der alles schwerelos wie eine Schaufensterdekoration hing und in der wir glücklich waren, denn wir waren nirgendwo gegenwärtig. Am Morgen brauchten wir uns diesen Traum gar nicht erst zu erzählen – es reichte ein einziges Wort. Danach erzählten wir einander unsere Träume nicht mehr.

Eines Tages war es so weit, dass es in unserer Wohnung nichts mehr zu tun gab. Alles stand an seinem Platz, war sauber und ordentlich. Ich wärmte mir den Rücken am Ofen und betrachtete meine Servietten. In deren Webmuster herrschte allerdings keine Ordnung. Jemand hatte mit der Häkelnadel Löcher in die geschlossene Materie gestochen. Durch diese Löcher blickte ich auf den Schrank, und mir fiel jener Traum wieder ein. Vom Schrank ging diese Stille aus. Wir standen einander gegenüber, und ich war es, die zerbrechlich, unbeständig und vergänglich war. Der Schrank hingegen stellte einfach sich selbst dar. Auf eine vollkommene Weise war er das, was ist. Ich berührte mit den Fingern den blank gegriffenen Türknauf, und der Schrank tat sich vor mir auf. Ich sah die Schatten meiner Kleider und der beiden abgewetzten Anzüge von R. Im Dunkeln hatte alles ein und dieselbe Farbe. Im Schrank unterschied sich meine Weiblichkeit in nichts von R.s Männlichkeit. Es war auch ganz unwesentlich, ob etwas glatt oder rau, oval oder eckig, fern oder nah, fremd oder vertraut war. Es roch nach anderen Orten und einer anderen Zeit, die mir fremd war. Aber mein Gott – es erinnerte mich trotzdem an etwas so Bekanntes, so Vertrautes, dass mir die Worte fehlten, um es beim Namen zu nennen. (Die Worte brauchen Abstand, um etwas benennen zu können.) Meine Gestalt trat in den Raum, der vom Spiegel auf der Innenseite der Tür reflektiert wurde. Ich spiegelte mich als dunkler Umriss, der sich kaum von einem Kleid auf dem Kleiderbügel unterschied. Es gab keinen Unterschied zwischen dem Lebenden und dem Leblosen. Das war ich – in dem einen Spiegelauge des Schranks. Jetzt musste ich nur den Fuß heben und in den Schrank steigen. Das tat ich. Ich setzte mich auf die Tragetaschen mit Wollresten und hörte meinen eigenen Atem, der in dem abgeschlossenen Raum lauter und tiefer wirkte.

Wenn das Denken ganz mit sich allein gelassen ist, verfällt es in ein Gebet. Das ist von Natur so. »Gottesengel, Schutz und Schild« – dabei sah ich meinen Engel vor mir, und sein Gesicht war so schön, dass er tot sein musste; »steh mir immer bei …« – seine wächsernen Flügel legen sich liebevoll um den Raum, der mich umschließt; »am Morgen« – Kaffeegeruch und blanke Fenster, die den verschlafenen Augen wehtun; »am Abend« – die langsamer werdende Zeit, wenn die Sonne untergeht; »am Tag« – das Sein wird identisch mit Erleben, Lärm, Bewegung, tausend Tätigkeiten ohne Bedeutung; »in der Nacht« – der kraftlose, in der Dunkelheit vereinsamte Körper; »sei mir immer zur Seite« – der Engel, der die Kinder behütet, die am Abgrund gehen; »behüte und beschütze meinen Körper und meine Seele« – Pappkartons mit der Aufschrift VORSICHT: ZERBRECHLICH; »und führe mich zum ewigen Leben, Amen« – die Kleider, die im Halbdunkel des Schrankes hängen.

Von diesem Zeitpunkt an zog mich der Schrank jeden Tag in sich hinein, er war ein großer Trichter in unserem Schlafzimmer. Anfangs verbrachte ich die Spätnachmittage, wenn R. nicht zu Hause war, im Schrank sitzend. Dann erledigte ich morgens nur die allernötigsten Dinge – Einkäufe, Einschalten der Waschmaschine, das ein oder andere Telefonat – und stieg gleich darauf in den Schrank, wobei ich die Türe immer leise hinter mir zuzog. Drinnen spielte es keine Rolle, welche Tageszeit, welche Jahreszeit, welches Jahr es war. Es war immer samten. Ich ernährte mich von meinem eigenen Atem.

Eines Nachts wachte ich aus einem Traum auf, der schwer wie stickige Gewitterluft gewesen war, und ich hatte Sehnsucht nach dem Schrank wie nach einem Mann. Ich musste meine Arme und Beine um R.s Körper klammern und mich krampfhaft an ihm festhalten, um im Bett zu bleiben. R. sagte etwas im Schlaf, aber seine Worte waren ohne jeden Zusammenhang. Und eines Nachts schließlich weckte ich ihn. Er wollte das warme Bett nicht verlassen. Ich zog ihn hinter mir her, und wir blieben vor dem Schrank stehen. Er war unveränderlich, mächtig und verlockend. Ich berührte mit den Fingern den abgegriffenen Türknauf, und der Schrank tat sich vor uns auf. Darin war genug Platz für die ganze Welt. Der Innenspiegel zeigte unsere Umrisse, er löste unsere beiden Gestalten aus dem Dunkel. Unsere Atemzüge, die anfangs abgehackt und unregelmäßig gewesen waren, fanden einen gemeinsamen Rhythmus, und es gab keinen Unterschied zwischen ihnen. Wir saßen im Schrank einander gegenüber. Die hängenden Kleidungsstücke verdeckten unsere Gesichter. Der Schrank schloss die Tür hinter uns. So wurden wir darin wohnhaft.

Anfangs ging R. noch nach draußen, um Dinge zu erledigen – zum Einkaufen, zu irgendwelchen Arbeiten und dergleichen. Aber danach wurden diese Gänge zu quälend und anstrengend. Die Tage wurden länger. Von der Straße drang manchmal die gedämpfte Musik der Bergmannskapellen bis zu uns. Die Sonne geht und kommt wieder, und die Fenster versuchen erfolglos, sie hereinzuziehen. Über Möbel, Servietten und Geschirr breitet sich eine immer dickere Schicht Staub, und unsere Wohnung versinkt immer weiter in der Dunkelheit.

Deus Ex

D. war ein echtes Computergenie, lebte allerdings von der Sozialhilfe. Manchmal nahm er einen Auftrag an, das aber nur deshalb, um seine Wohnung nicht verlassen zu müssen, sein kleines vollgestopftes Zimmer und diesen Platz vor dem Altar der Tastatur, an dem sich das Leben abspielte. Sein Leben und das der gesamten Welt.

Als Erstes machten immer seine Augen schlapp. Sie begannen zu brennen und zu tränen, und er stand unwillig auf und trat ans Fenster, vor dem sich draußen in der Tiefe eine belebte schmale Straße auftat. Die Erde war von der Sommerhitze ausgedörrt, und von der Straße stieg Staub auf, der sich mit den Abgasen vermischte. In seinem Raum richtete D. die erschöpften Augen wie Flügel wieder gerade. Er sah nur die Wand des gegenüberliegenden Mietshauses und ein rechteckiges Fenster, hinter dem sich manchmal ein Schatten bewegte. Unten in der Tiefe schoben sich die verwaschenen, blassfarbenen Autos vorbei. Das war mehr oder weniger das, was D. sah, wenn er aus seinem Fenster schaute, aber für ihn hatte dieser Anblick die gleiche Konsistenz wie ein Traum – verwischt, zusammenhanglos, alogisch.

Sein Blick hielt sich nicht mit Einzelheiten auf, verweilte nicht bei der Form des Simses oder den Zügen eines menschlichen Gesichtes auf der anderen Seite der Scheibe. D. schaute nur.

»Das ist eine Sinnestäuschung, ein Traumgespinst«, sagte seine langhaarige Frau, die Buddhistin, als sie gemeinsam ihren Salat aßen. In ihrer Stimme schwang immer der Singsang kindlicher Abzählreime mit, vor allem dann, wenn sie ihren Lieblingssatz anstimmte:

»Ich bin ich, du bist du …«

Dieser Satz hatte keinen Schluss.

D. begann erst etwas zu sehen, wenn er sich vor den Bildschirm seines Computers setzte. Dann hatte er eine Ordnung vor sich, eine unendliche Harmonie, die Einfachheit von Wegen, die zum Ziel führen, die Klarheit der Wahl, ein ungeheures Potenzial an Gedanken. Sofort empfand er eine Ruhe, wie sie sich einstellt, wenn man das Bewusstsein gewinnt, frei zu sein. Innerhalb gewisser Grenzen. Aber kann man überhaupt von Grenzen sprechen, wenn man Welten erschafft?

Denn das war es, was D. tat – er schuf Welten. Er begann mit der Erschaffung von Städten. Zuerst waren es kleine Städte mit Märkten voller kleiner Buden, dann große Metropolen. Das Programm bewährte sich besser bei großen Städten, deren Grenzen sich unmerklich dem Gedächtnis entziehen. Ganz besonders gerne schuf er Städte am Rand des Meeres, Hafenfenster in die Welt, mit etlichen Docks, Werften und Kränen. Er begann immer mit der Elektrifizierung des Gebietes, zog ein Hochspannungsnetz und baute sichere Kraftwerke. Dann errichtete er Fabriken, stets in Gedanken bei den Menschen, die er bald hier einziehen lassen würde. Menschen brauchen Arbeit. Seine Wohnsiedlungen waren hübsch gelegen und umweltfreundlich. Er hatte eine eindeutige Vorliebe für Einfamilienhäuser, ohne eine einzige große Betonplatte. Er dachte an Kläranlagen, Müllverwertung und all die notwendigen Dinge, die in der verwaschenen Illusion draußen vor dem Fenster fehlten.

Die innere Zeit des Computers rechnete in Monaten und Jahren, und die Bewohner seiner Städte vermehrten sich und wurden älter. Er baute ihnen Sportstadien und Vergnügungsparks, wo sie sich nach Herzenslust die Zeit vertreiben konnten. Seine Städte wurden größer und wuchsen ins Riesenhafte. D. hatte sich schon daran gewöhnt, dass die Vorstädte ab einem gewissen Zeitpunkt verwahrlosten und die allgemeine Harmonie störten, er musste auf sie besonders achtgeben. Es war ein innerer Prozess, der sich von der Existenz der Stadt nicht trennen ließ. Städte altern. Die Menschen im Computer waren mit einem Instinkt ausgestattet, der ihnen befahl, die Städte zu verlassen, wenn sich deren Untergang ankündigte. Wohin gingen sie dann? An irgendeinen anderen Ort, wo sie in einem Schwebezustand ausharren konnten und darauf warteten, dass D.s Finger ihnen eine neue Existenz verliehen.

Immer war das gleiche Prinzip wirksam: Die sich selbst und einer künstlichen, inneren Zeit überlassenen Städte, die nicht in Ordnung gehalten und in Stand gesetzt wurden, verwahrlosten und fielen, getreu der allgegenwärtigen und unsterblichen Entropie, dem Verderben anheim. Je mehr Zeit und Mühe D. auf eine Struktur verwandte, desto leichter bemächtigte sich ihrer der Zerfall. Die Kläranlagen verstopften, die Parks wurden zu Verbrechervierteln, die Sportstadien zu Gefängnissen und die Strände zu Friedhöfen ölverseuchter Vögel.

Müde und enttäuscht entließ D. dann Stürme, Feuersbrünste und Überschwemmungen, Ratten- und Heuschreckenplagen auf seine Städte.

Während D. seine Städte schuf und dann – aus trauriger Notwendigkeit – vernichtete, gab sich seine Frau im Nebenzimmer endlosen Meditationen hin, die sie nur von Zeit zu Zeit unterbrach, um eine leichte Mahlzeit zuzubereiten und die Dinge an ihren Platz zu rücken. Jede Bewegung, die sie ausführte, war praktizierter Zen in der Kunst des Haushalts. Manchmal stellte sie sich hinter ihn und sah zu, wie er Städte schuf (und vernichtete), aber auch dann hörte D., wie sie Bauchatmung übte. Abends ging sie zwei Stunden arbeiten. Sie putzte in einem Geschäft voller begehrenswerter Luxusgegenstände, auf denen ihr Blick aber nicht einmal verweilte. Sie putzte den Fußboden systematisch und gründlich, es war eine Zenübung in der Kunst des Ladenputzens.

»Liebst du mich?«, hörte er abends ihre Singsangstimme, wenn sie im Bett auf ihn wartete.

Dann drückte er die Taste ESCAPE, und auf dem Bildschirm erschienen zwei Fensterchen mit den Worten JA und NEIN. Er klickte JA, und mit einem leisen Schnurren bereitete der Computer die Welten auf den Schlaf vor.

Als ihn die Städte endgültig langweilten, besorgte sich D. ein Programm, das er sich schon lange gewünscht hatte. Es hieß SemiLife und simulierte die Evolution der Welt.

D. bekam einen jungen, vom urzeitlichen Ozean überschwemmten Planeten. Im Urozean schwammen Aminosäuren wie Abfall herum. Damit fing es an. In diesem Spiel gab es keinen Zufall. Es gab D.

Jetzt verbrachte er die Tage damit, Aminosäuren mit Eiweiß zu verbinden, nach rechts und nach links zu drehen, Druck und Temperatur zu erhöhen oder zu senken. Er ließ Blitze auf die Wasseroberfläche schlagen. Da ihn die Neugier trieb, beschleunigte er die Zeit. Am Abend, als seine langhaarige Frau zur Arbeit gegangen war, entstanden die ersten Einzeller. In der Nacht erschienen die ersten primitiven Amphibien auf dem Festland. Am Morgen beherrschten Reptilien die Welt. Er wusste, wie es weiterging, deshalb zerstörte er den Planeten.

»Wollen Sie SemiLife verlassen? JA / NEIN«, fragte der Computer.

D. klickte auf JA und trat ans Fenster, wo ihm verschwommen die in der Illusion befangene Straße erschien. Zum ersten Mal sah D., dass der Verfall an der Illusionsstadt mit demselben Erfolg nagte wie an seinen Städten. Graue, abgemagerte Tauben saßen auf den Simsen, von denen der Putz abblätterte. Seit einem Monat hatte es nicht geregnet. Die gelbe Wolke der Abgase stieg zum Himmel auf wie die Seele eines gerade Verstorbenen.

»Liebst du mich?«, fragte ihn der Computer im Schlaf.

Da bemerkte D., dass auf der Tastatur die zusätzliche Taste ICH WEISS NICHT erschienen war. Als er sie drückte, wachte er auf. Die Frau, die jede Nacht bei ihm lag, hatte ein schönes und ruhiges Gesicht. Ihre Augen betrachteten das vollkommene Antlitz der Leere.

In dieser Nacht schuf D. einen Menschen. Es war ein schwacher, geschlechtsloser Mensch. Er hatte Pfoten, ein Vogelgesicht und Augen ohne Pupillen. D. betrachtete aufmerksam das chaotische Leben, das in der beschleunigten Computerzeit verfloss. Ein Leben, das erfüllt war von Nahrungssuche und ewiger Angst. Deshalb erkannte D. voll Bedauern, dass er den Menschen vernichten und noch einmal ganz von vorn anfangen musste. Er schickte also eine Sintflut und Feuerregen, denn etwas Besseres fiel ihm nicht ein. Aber das schwächliche Wesen überlebte irgendwie, und D. quälte sich mit Schuld- und Mitleidsgefühlen.

Er machte sich einen Kaffee und spürte dessen Bitterkeit genau in dem Augenblick auf der Zunge, als das verwaschene Morgengrauen begann, durch das Fenster in sein Zimmer zu sickern.

Er hörte auf, in das Leben des von ihm erschaffenen geschlechtslosen Wesens einzugreifen und sah, wie das Verderben wellenweise in das unbeirrt weiterlaufende Programm schwappte. Die Menschen kämpften miteinander um ihre eingebildeten Reichtümer, um wirre Ideen, um Frauen, Bauwerke und Friedhöfe. In der Zeit, in der er eine Zigarette rauchte, waren in der inneren Welt des Computers mehrere Kriege entflammt und verloschen. Durch die verödeten Streifen der Welt bewegten sich ganze Stämme, wanderten Völker, die ihrer Länder beraubt waren. D. schlief auf dem Stuhl vor seinem Bildschirm ein, und als er aufwachte, gab es im SemiLife-Programm schon keine Lebewesen mehr. Leere Zeit verrann, untermalt vom Summen des Computers.

»Möchten Sie noch einmal spielen? JA / NEIN«, fragte der Bildschirm hellblau.

»NEIN.«

Die nächste Woche über arbeitete D. an einem neuen Programm, dem er die Gelegenheit geben wollte, alles wieder einzurenken. Gleich zu Anfang musste er die Neigung zu Zerfall und Verderben ausschalten. In diesem Spiel würde man die Welt von Anfang an erschaffen können, noch einmal, fehlerfrei. Er nannte es SemiUniverse.

Am Sonntag spielte er das Spiel zum ersten Mal.

»Sieh mal«, sagte er zu seiner Frau, die sich auf die Stuhllehne gesetzt hatte und die Finger zu einer heilenden Gebärde zusammenlegte. »Das hier ist das Nichts, und darin ist alles in unendlicher Menge enthalten.«

Und sie warteten den ganzen Tag und die ganze Nacht, aber das Nichts wollte sich nicht weiterentwickeln, denn es war vollkommen. D. trat ans Fenster und schaute von oben auf die Tauben, die von den Abgasen und vom Durst ganz niedergedrückt waren.

»Mache nichts mehr«, sagte seine Frau und blickte ihn unter ihren halbgeschlossenen Augenlidern an. »So ist es gut, soll es so bleiben.«

»Bist du sicher, dass du das Licht nicht vom Dunkel scheiden willst? JA / NEIN«, fragte der Computer.

»JA und NEIN«, antwortete D.

Dann sahen sie eine große Explosion. Sie wurden Zeuge, wie sich aus der ursprünglichen Ganzheit die vier großen Kräfte lösten. Sie sahen, wie die Zeit entstand, die in ihrem Keim aussah wie ein Tropfen Gift. Sie hatten Mitleid mit dem Raum, der von der Explosion zerrissen wurde, und aus dem Zorn des Raums entstand die Materie und formte sich sogleich zu Feuerkugeln, die von Zorn erfüllt waren.

Und D. sah, dass nichts gut war, deshalb stand er auf und schaute aus dem Fenster, wo die verdurstende Welt auf Regen wartete.

Zimmernummern

Im Hotel

Capital steigen viele reiche Leute ab. Für sie sind die Portiers in Livree da, die schlankbeinigen und befrackten Kellner mit spanischem Akzent, für sie sind die lautlosen, mit Spiegeln ausgekleideten Fahrstühle bestimmt, die Messingklinken, die keine Fingerabdrücke behalten dürfen und zweimal täglich von einer kleinen Jugoslawin poliert werden, die mit Teppich ausgelegten Treppen, die nur diejenigen benutzen, die im Fahrstuhl klaustrophobische Anfälle bekommen; die großen Sofas sind für sie da, die schweren gesteppten Bettüberwürfe, Frühstück im Bett, Klimaanlagen, Handtücher, die weißer sind als Schnee, und Shampoos, die eichenen Toilettensitze und druckfrischen Zeitschriften; für sie erschuf Gott Angelo, der für die Schmutzwäsche zuständig ist, und Zapato, der sich um Sonderwünsche kümmert; und für sie sind auch die durch die Korridore huschenden Zimmermädchen in ihren rosaweißen Uniformen da, darunter auch ich. Aber »ich« ist vielleicht zu viel gesagt. Von mir bleibt nicht viel übrig, wenn ich mir in der Abstellkammer am Ende des

Korridors meinen gestreiften Kittel anziehe. Meine eigenen Farben lege ich da ab, meine verlässlichen Gerüche, Lieblingsohrringe, meine Kriegsbemalung und die hochhackigen Schuhe. Ich lege auch meine exotische Sprache ab, meinen merkwürdigen Namen, meine Art, Witze zu verstehen, meine Ausdrucksfältchen im Gesicht, meine Vorliebe für Gerichte, die hier völlig unbekannt sind, mein Gedächtnis für kleine Begebenheiten – und nackt stehe ich in meiner rosaweißen Uniform da, als stünde ich plötzlich im Meeresschaum. Und

Der ganze zweite Stock gehört nun mir

– an jedem Wochenende. Ich komme um acht und brauche mich nicht zu beeilen, denn um acht Uhr schlafen alle reichen Leute noch. Das Hotel hätschelt sie in seinem Schoß, es wiegt sie in Sicherheit, als wäre es eine große Muschel mitten in der Welt und die Gäste kostbare Perlen darin. Irgendwo weit weg erwachen die Autos, und die U-Bahn lässt die Spitzen der Grashalme erbeben. Der Innenhof des Hotels ist noch in kühle Schatten gehüllt.

Ich komme durch die Tür vom Innenhof herein und spüre sofort diesen merkwürdigen Geruch nach einer Mischung verschiedener Putzmittel, gewaschener Wäsche und den Mauern, die von der Unmenge der ständig wechselnden Menschen ins Schwitzen geraten. Der Fahrstuhl, einen halben Quadratmeter groß, hält dienstbereit vor mir an. Ich drücke auf den Knopf für den vierten Stock und fahre zu meiner Vorgesetzten Miss Lang, um Anweisungen zu erhalten. Zwischen dem zweiten und dem dritten Stock streift mich immer eine Art Panik, der Fahrstuhl könnte stecken bleiben und ich würde auf immer und ewig wie eine Bakterie im Körper des Hotels Capital festsitzen. Und wenn das Hotel aufwacht, wird es anfangen, mich allmählich zu verdauen, es wird bis in meine Gedanken vordringen und alles verschlingen, was noch von mir übrig ist, es wird sich von mir ernähren, bis ich lautlos verschwinde. Aber der Fahrstuhl entlässt mich gnädig nach draußen.

Miss Lang thront an ihrem Schreibtisch, und die Brille sitzt auf ihrer Nasenspitze. So muss die Königin aller Zimmermädchen aussehen, die Präsidentin über acht Stockwerke, die Beschließerin hunderter Laken und Bettbezüge, die Kammerherrin der Teppiche und Fahrstühle, der Besenkammern und Staubsauger. Sie schaut mich über ihre Brillengläser hinweg an und zieht einen Zettel hervor, der speziell für mich bestimmt ist. Darauf steht, in Rubriken und Felder eingeteilt, die Bestandsaufnahme des gesamten zweiten Stockwerks, der Zustand jedes einzelnen Zimmers. Miss Lang nimmt die Gäste im Hotel nicht wahr. Vielleicht haben sie für höhergestelltes Personal eine Bedeutung, obwohl man sich nur schwerlich vorstellen kann, dass jemand wichtiger und vornehmer sein könnte als Miss Lang.

Für sie ist das Hotel sicher ein Gebilde der Voll-kommenheit, ein lebendiges, wenn auch unbeweg-liches Wesen, für das wir sorgen müssen. Natürlich flattern, fließen Menschen hindurch, machen es sich in seinen Betten gemütlich und trinken Wasser aus seinen Messingzitzen. Aber sie sind vorübergehend, sie verschwinden wieder. Wir und das Hotel, wir blei-ben. Deshalb beschreibt mir Miss Lang die Zimmer wie heimgesuchte Orte, immer im Passiv: belegt, ver-schmutzt, verlassen, seit mehreren Tagen unbesetzt. Dabei mustert sie widerwillig meine Zivilkleidung und die Spuren hastig aufgelegter Schminke. Im nächsten Augenblick gehe ich schon mit dem Zet-tel in Miss Langs schöner, geradezu viktorianischer Handschrift den Korridor hinab und überlege meine Strategie, verteile den Einsatz meiner Kräfte.

Dann überschreite ich, ohne nachzudenken, die unsichtbare Grenze zwischen dem Wirtschaftsteil und dem für Gäste. Ich erkenne ihn gleich am Ge-ruch, aber ich muss die Nase heben, um ihn genau zu bestimmen. Manchmal gelingt es mir: Es riecht nach Herrenparfum von Armani oder Lagerfeld oder verschwenderisch elegantem Boucheron. Ich kenne diese Düfte aus den Proben in *Vogue*, ich weiß, wie die Flakons aussehen. Und es riecht nach Puder, Antifaltencreme, Seide, Krokodilleder, auf dem Bett verschüttetem Campari und Zigaretten Marke Caprice für elegante dunkelhaarige Damen. Das ist dieser Geruch, der für den zweiten Stock so typisch ist. Aber es ist nicht der ganze Geruch, eher die erste Schicht des ganz eigenen Geruchs des zweiten Stockwerks, den ich wie einen alten Bekannten erkenne, während ich meiner Abstellkammer zustrebe, und dort erfolgt dann

Die Verwandlung

In meiner rosaweißen Uniform sehe ich den Korridor schon mit ganz anderen Augen. Ich suche nicht nach Gerüchen, mein Spiegelbild in den Messingklinken zieht mich nicht mehr an, ich lausche nicht auf meine eigenen Schritte. Das, was mich jetzt beim Ausblick auf den Korridor interessiert, sind die nummerierten Rechtecke der Türen. Hinter jeder dieser acht Türen ist ein Zimmer – ein viereckiger prostituierter Raum, der sich alle paar Tage einem anderen hingibt. Vier Zimmer gehen zur Straße hinaus, wo immer ein bärtiger Mann in schottischer Tracht steht und Dudelsack spielt. Ich habe den Verdacht, dass er kein echter Schotte ist. Er ist mit zu viel Begeisterung dabei. Neben sich hat er einen Hut und ein Geldstück, das auf Gesellschaft wartet.

Die anderen vier Zimmer, deren Fenster zum Hof hinausgehen, sind nicht sonnig, eigentlich liegen sie immer im Dämmerlicht.

Alle acht Zimmer stecken in meinem Kopf, obwohl ich sie noch nicht sehe. Meine Augen nehmen nur die Klinken wahr. An manchen hängt ein Pappschild: *Do not disturb*. Das freut mich, denn es liegt nicht in meinem Interesse, Leute oder ihre Zimmer zu stören, und ich ziehe es vor, dass auch sie mich nicht stören, solange ich in die Betrachtung des zweiten Stocks als meines alleinigen Besitzes versunken bin. Manchmal teilt das Pappschild auch mit: *This room is ready to be serviced*. Diese Aufschrift versetzt mich in Bereitschaftszustand. Und es gibt eine dritte Art von Information, nämlich die fehlende Mitteilung. Das gibt mir einen Energieschub, lässt eine leichte Unruhe in mir aufsteigen und weckt meine bislang schlummernde Zimmermädchenintelligenz. Manchmal, wenn eine allzu große Stille durch die Türe dringt, muss ich das Ohr ans Holz legen und angestrengt horchen oder sogar durchs Schlüsselloch spähen. Das ist mir lieber, als mit einem Stoß Handtücher auf dem Arm drinnen einem Gast zu begegnen, der erschrocken versucht, seine Blöße zu bedecken oder, schlimmer noch, einen Gast anzutreffen, der in einem so hilflosen Tiefschlaf liegt, dass man fast meinen könnte, er sei gar nicht da.

Deshalb vertraue ich den Pappschildern an den Türen. Sie sind das Visum, das den Zugang in die Miniaturwelt gestattet, in

Die Welt der Zimmernummern

Zimmer 200 ist leer, das Bett ist zerwühlt, ein wenig Abfall liegt herum, in der Luft der bittere Geruch

27

von jemandem, der in Hast war, sich auf dem Bett hin- und hergewälzt und dann fieberhaft gepackt hat. Dieser Jemand musste früh morgens abreisen, sicher hatte er es eilig, zum Flughafen oder Bahnhof zu kommen. Meine Aufgabe ist es jetzt, die Spuren seiner Anwesenheit auf und in Bett, Teppich, Schrank, Nachtkasten, Bad, Tapete, Aschenbecher und Luft zu tilgen. Das ist gar nicht so einfach. Gewöhnliches Saubermachen reicht nicht aus. Die verbliebenen Reste der Persönlichkeit des abgereisten Gastes muss man mit der eigenen Unpersönlichkeit bekämpfen. Das ist der Sinn der Verwandlung. Die Reste des Spiegelbilds jenes Gesichts muss ich nicht nur mit dem Lappen vom Spiegel wischen, ich muss den Spiegel auch mit meiner rosaweißen Gesichtslosigkeit ausfüllen. Jenen Geruch, den Hast und Fahrigkeit hinterlassen haben, muss ich durch meine Geruchlosigkeit zerstreuen. Deshalb bin ich hier, als offizielle und folglich wenig konkrete Person. Und ich tue, was meine Aufgabe ist. Am schlimmsten ist es mit den Frauen. Frauen hinterlassen mehr Spuren, und es geht nicht nur darum, dass sie Kleinigkeiten vergessen. Sie versuchen instinktiv, das Hotelzimmer in ein Ersatzheim umzufunktionieren. Wie Samen, die der Wind herbeigetragen hat, schlagen sie Wurzeln, wo sie nur können. In den Hotelschränken hängen sie irgendwelche alten Sehnsüchte auf, in den Badezimmern hinterlassen sie auf schamlose Weise ihre Begierden und Verlassenheit. Den Gläsern und

Zigarettenfiltern drücken sie leichtfertig die Spur ihrer Lippen auf, in der Wanne lassen sie ihre Haare zurück. Auf dem Fußboden verstreuen sie Talkumpuder, der wie ein Verräter das Geheimnis ihrer Fußspuren enthüllt. Manche legen sich ins Bett, ohne ihr Make-up abzuwaschen, und dann zeigt mir das Kopfkissen, dieses Veronikatuch des Hotels, ihre Gesichter. Aber sie hinterlassen keine Trinkgelder. Dazu braucht man einen selbstsicheren Mann. Denn für die Männer ist die Welt immer mehr Markt als Theater. Sie bezahlen lieber für alles, sogar mehr als nötig. Sie sind nur frei, wenn sie zahlen.

Das nächste Zimmer ist

Nummer 224, in dem ein japanisches Paar wohnt

Sie sind ziemlich lange hier, und in ihrem Zimmer fühle ich mich wie eine Bekannte. Sie stehen früh auf, sicher um endlos Museen, Galerien und Geschäfte zu besuchen, die Stadt in Fotografien zu vervielfältigen, leise und wohlerzogen durch die Straßen zu eilen und in der U-Bahn ihren Sitzplatz anzubieten.

Sie bewohnen ein elegantes Doppelzimmer. Es sieht allerdings nicht in irgendeinem Sinne bewohnt aus. Hier gibt es keine Sachen, die versehentlich auf der Kommode unter dem Spiegel vergessen worden sind. Sie benutzen weder Fernseher noch Radio, auf der Messingtafel mit den Knöpfen sind keine Fingerspuren zu entdecken. In der Wanne ist kein Wasser, auf dem Spiegel kein Tröpfchen und kein Krümel auf dem Teppich. Die Kissen bilden nicht den Umriss ihrer Köpfe ab. Keine schwarzen Haare bleiben an meiner Uniform haften. Und, was geradezu beunruhigend ist: Es gibt keinen Geruch. Alles, was man riecht, ist das Hotel Capital.

Neben dem Bett sehe ich zwei Paar Sandalen, sauber und fein, ordentlich nebeneinandergestellt, für eine Weile vom Dienst an den Füßen befreit. Das eine Paar ist groß, das andere kleiner. Auf dem Nachtkasten liegt ein Reiseführer, die Bibel eines jeden Touristen, im Badezimmer stehen die Toilettengegenstände – funktional, diskret. Ich mache also nur das Bett und richte dabei so viel Unordnung an wie die beiden in einem ganzen Monat.

Etwas rührt mich, wenn ich hier aufräume; es wundert mich, dass man auf eine Art und Weise da sein kann, als gäbe es einen gar nicht. Ich setze mich auf die Bettkante und nehme diese Abwesenheit in mich auf. Es rührt mich auch, dass die Japaner immer ein kleines Trinkgeld zurücklassen, säuberlich auf dem Kissen ausgelegte Münzen, die ich nehmen muss. Es ist eine Art Brief, eine Information. Es ist unsere Korrespondenz: Sie lassen mir das Trinkgeld auf dem Kissen, als wollten sie um Verzeihung bitten, dass sie mir so wenig Anlass geben, mich mit ihnen zu beschäftigen, ein Lohn für den Mangel an Durcheinander, dafür, dass sie sich nicht dem allgemeinen Chaos ringsum angepasst haben. Sie machen sich

Sorgen, dass mich das enttäuschen oder erzürnen könnte. Dieses kleine Trinkgeld ist der Ausdruck ihrer Dankbarkeit dafür, dass ich ihnen gestatte, so zu sein, wie sie sein können und wollen. Ich bemühe mich zu zeigen, dass ich ihre Einstellung mir gegenüber zu schätzen weiß, und mache liebevoll ihr Bett. Ich glätte die Kissen, streiche über die Laken, die zu zerknittern sie nicht imstande sind, als wären ihre zarten Körper weniger materiell als andere.

Ich arbeite langsam, weihevoll, ich fühle, dass ich etwas gebe. Ich gehe auf darin und vergesse mich selbst. Ich liebkose ihr Zimmer und streiche zärtlich über die Dinge. Vielleicht spüren sie das jetzt in diesem Augenblick, während sie mit der U-Bahn zum nächsten Museum, zum nächsten Ausflug in diese nie ganz ergründliche Stadt unterwegs sind. Vor ihren Augen scheint einen Augenblick lang das Bild des Hotelzimmers auf, eine vage Sehnsucht, ein plötzlicher Wunsch zurückzukehren, aber keine Spur von mir. Meine Liebe, die sie vielleicht Mitgefühl nennen würden, hat kein Gesicht, in der rosaweißen Uniform gibt es keinen Körper. Sie hinterlassen ihr Trinkgeld auch nicht mir, sondern dem Zimmer, für sein schweigendes Verharren im veränderlichen Raum der Welt, für seine Beständigkeit in der durch nichts erklärbaren Unbeständigkeit. Die beiden Münzen auf dem Kopfkissen halten bis zum Abend die Illusion aufrecht, dass solche Zimmer auch dann existieren, wenn man sie nicht betrachtet.

Die zwei Münzen zerstreuen allein die existenzielle Angst, dass die Welt nur im Betrachten der Welt existiert und dass es außerdem nichts gibt.

So sitze ich und ziehe die Kühle und Leere dieses Zimmers durch die Nase ein, bin voller Respekt für ein japanisches Paar, von dem ich nur die körperlose Form ihrer Füße in den verwaisten Sandalen kenne.

Aber dann muss ich dieses kleine Heiligtum verlassen. Ich tue es leise, gleichsam seufzend, und gehe ins Zwischengeschoss hinab, denn jetzt ist

Teepause

Die rosaweißen Prinzessinnen der anderen Stockwerke sitzen schon auf der Treppe, beißen in Toast, von dem die Butter tropft, und trinken Kaffee dazu. Neben mir sitzen Maria, die Indianerschönheit, dann Angelo von der Schmutzwäsche und Pedro, der wohl für die frische Wäsche zuständig ist, denn er ist so ernst. Er hat einen grau melierten Bart und dichte schwarze Haare. Er könnte ein Missionar sein, ein Ordensbruder auf Werbung, der sich auf seiner erleuchteten Reise auf der Treppe hier niedergelassen hat. Er liest auch noch *Herr der Fliegen*. Manche Worte unterstreicht er mit Bleistift, zu anderen trinkt er einen Schluck Kaffee.

»Pedro, was ist deine Muttersprache?«, frage ich.

Er hebt den Blick von seinem Buch, räuspert sich, als wäre er gerade aufgewacht, man sieht, dass er meine Frage im Kopf in seine Sprache übersetzt. Man merkt es an seiner kurzfristigen Geistesabwesenheit. Er braucht Zeit, um dort in die Tiefe seiner selbst zurückzukehren, sich umzuschauen, diesen elementaren Rhythmus in seinem Ich zu benennen, ihn mit einem Wort zu definieren, die Worte zu übersetzen und dann auszusprechen.

»Kastilisch.«

Plötzlich fühle ich mich eingeschüchtert.

»Und wo ist dieses Kastilien?«, fragt Ana, eine Italienerin.

»Kastilien-Bastilien«, sagt Wesna philosophisch. Sie ist Jugoslawin und sehr hübsch.

Pedro zeichnet mit dem Bleistift einen Umriss und holt dann radebrechend bis in die graue Vorzeit aus, als die Menschen aus irgendwelchen Gründen gewaltige Strecken durch die Gegenden zurücklegten, die wir heute Europa und Asien nennen. Auf ihren Wanderungen vermischten sich die Völker, die Leute ließen sich nieder, brachen wieder auf und führten ihre Sprachen wie Fahnen mit sich. Sie bildeten große Familien, obwohl sie einander nicht kannten, und das Einzige, was in alledem Bestand hatte, waren die Worte.

Wir rauchen eine Zigarette, Pedro zeichnet unterdessen Diagramme, zeigt Ähnlichkeiten auf und zieht die Wurzeln aus den Worten, als entkerne er Kirschen. Denjenigen, die den Vortrag verstehen, wird allmählich klar, dass wir alle, die wir hier auf der Treppe sitzen, Kaffee trinken und Toast essen, dass wir alle einst dieselbe Sprache gesprochen haben. Nun, vielleicht nicht alle. Ich wage nicht nach meiner Sprache zu fragen. Und Myrra aus Nigeria tut auch so, als verstehe sie nicht, um was es geht. Als Pedro die dunkle, geballte Wolke der Vorgeschichte über uns ausbreitet, wollen wir alle darunter Platz finden.

»So eine Art Turm zu Babel«, sagt Angelo zusammenfassend.

»Ja, so könnte man es sehen.« Der Kastilier Pedro nickt traurig.

Und da kommt auch Margaret. Sie kommt zu spät, wie immer. Sie hat ständig zu wenig Zeit, ist die Nachzüglerin. Margaret gehört zu mir, sie spricht dieselbe Sprache, und ihr offenes, von der Anstrengung leicht gerötetes Gesicht ist mir vertraut und lieb. Ich schenke ihr Tee ein und bestreiche für sie einen Toast mit Butter.

»Servus«, flüstert sie, und dieses Wort ist wie ein Zeichen, auf das hin das Gespräch in alle mögliche Sprachen zerfällt.

Alle rosaweißen Fräulein summen und surren jetzt in ihrer eigenen Sprache, die Worte kullern wie Klötzchen die Treppe hinab und in die Küche, Waschkeller und Wäscheräume. Man hört, wie die Fundamente des Hotels Capital davon vibrieren.

Dann ist die Pause vorbei, jedes Zimmermädchen kehrt auf sein Stockwerk zurück, denn da warten

Die übrigen Zimmer

Nach all der Schwatzerei zwingen uns die langen Korridore zum Schweigen. Nun, soll es so sein. Schweigen ist eine Zimmermädchentugend in allen Hotels der Welt.

Nummer 226 ist offensichtlich gerade erst bezogen worden. Die Koffer sind noch nicht ausgepackt, die Zeitung nicht angerührt. Der Mann (im Bad steht Herrenkosmetik) ist sicher Araber (arabische Aufschriften auf dem Koffer, ein arabisches Buch). Aber im nächsten Augenblick denke ich: Was geht mich das an, woher irgendein weiterer Hotelgast kommt und was er hier macht? Ich treffe nur seine Sachen an. Der Mensch ist höchstens der Grund dafür, dass sich die Sachen hier befinden, nur eine Figur, die die Sachen in Zeit und Raum bewegt. Im Grunde sind wir alle Gäste so geringfügiger Dinge wie Kleidungsstücke und so großer Dinge wie des Hotels Capital. Der Araber, die Japaner, ich und sogar Miss Lang. Seit den Zeiten, von denen Pedro erzählt hat, hat sich nichts verändert. Die Hotels und Gepäckstücke sehen anders aus, aber die Reise geht weiter.

In diesem Zimmer ist nicht viel zu tun. Der Gast muss in der Nacht angekommen sein, er hat sich nicht einmal ins Bett gelegt. Jetzt ist er sicher geschäftlich unterwegs. Wenn er zurückkommt, packt er aus. Oder er fährt weiter in die Welt, lässt sich von seinen Dingen auf Reisen führen. Im Badezimmer stelle ich erfreut fest, dass er sich nicht gewaschen hat und anstelle des Toilettenpapiers die Kosmetiktücher benutzt hat.

Er war sicher aufgeregt oder unaufmerksam, was auf dasselbe hinausläuft. Als ihn das Taxi in der Nacht vom Bahnhof hierhergebracht hatte, muss er sich plötzlich fremd gefühlt haben. In solchen Augenblicken überkommt einen die plötzliche Lust auf Sex. Mit nichts macht man sich in der Welt so heimisch wie mit Sex. Wahrscheinlich hatte er sich schnell hinausgestohlen, um nach Frauen- oder Männerkörpern zu suchen, diesen schwankenden Booten, die schmerzlos durch jede Angst und Unruhe tragen.

Zimmer 227 ist genauso wie Nummer 226. Auch ein Einzelzimmer. Hier wohnt bereits seit längerer Zeit derselbe Gast. Das weiß ich deshalb, weil dort immer derselbe Geruch nach Zigaretten, Alkohol und Durcheinander herrscht. Und immer finde ich dasselbe Schlachtfeld vor, das mich erschreckt. Überall stehen Gläser mit Getränkeresten herum, verstreute Zigarettenasche, verschütteter Saft, ein Abfalleimer voll mit leeren Wodka-, Tonic- und Cognacflaschen. Der Geruch nach Teufelskreis und Ausweglosigkeit. Ich öffne das Fenster und schalte die Klimaanlage ein, aber das steigert nur noch den Eindruck von Hoffnungslosigkeit. Der Gegensatz zwischen dem Dumpfen und Kranken hier drinnen und dem

Hellen, Klaren draußen wird offenbar. Dieser Typ (zig Krawatten hängen in der Schranktür) ist anders als die übrigen Gäste. Nicht nur deshalb, weil er trinkt und unordentlich ist, sondern auch, weil er sich vergisst. Er achtet nicht die Grenzen der Selbstentblößung und Selbstdarstellung durch seine Gegenstände. Er bemüht sich nicht, einen Schein zu wahren. Er kippt sein ganzes inneres Tohuwabohu aus und drückt es irgendjemand – mir zum Beispiel – in die Hand. Ich fühle mich wie eine Krankenschwester, und das gefällt mir sogar. Ich verbinde das von nächtlicher Schlaflosigkeit verletzte Bett, wasche die Saftwunden von der Tischplatte, entferne die Flaschen aus dem Körper des Zimmers, als zöge ich Dornen heraus. Selbst das Staubsaugen ist wie das Reinigen einer Wunde. Auf dem Sessel lege ich die neuen, teuren Spielsachen zurecht, die er wahrscheinlich gestern gekauft hat, flauschige Zeugnisse eines schmerzlichen Schuldgefühls. Der Kerl muss lange vor dem Spiegel gestanden und Krawatten anprobiert haben. Vielleicht hat er sogar die Anzüge gewechselt, denn jede Version seiner selbst war ihm zuwider. Dann ist er ins Badezimmer gegangen – auf dem Waschbecken steht ein nicht geleertes Glas. Er war ungeschickt und tollpatschig, hat Shampoo auf den Fußboden verschüttet und versucht, es mit einem weißen Handtuch wegzuwischen. Das verzeihe ich ihm. Ich beseitige die Spuren seiner Fehltritte. Ich stelle seine Toilettenartikel ordentlich auf. Ich weiß Bescheid. Dass er Angst vor dem Altern hat. Da ist die Antifaltencreme, Puder, Toilettenwasser der besten Marke. Rouge und Schminkstifte sind auch da – für die Augen. Offensichtlich steht er jeden Morgen, entsetzt von der Fremdheit seines Gesichts, vor dem Spiegel und verleiht ihm mit zitternden Händen sein altes Aussehen. Er schwankt, kann nicht genau erkennen, was er macht, drückt sich näher an den Spiegel, wo seine Finger Flecken hinterlassen. Er verschüttet Shampoo, flucht, will es aufwischen, dann sagt er auf Englisch, Französisch oder Deutsch: »Scheiß drauf.« Er will schon so, wie er dasteht, in die Welt hinausgehen, aber als er sich im Spiegel sieht, kapituliert er, kehrt um und beendet sein Make-up. Eine Tinktur deckt die Fältchen der Enttäuschung um den Mund ab, die dunkleren Schatten unter den Augen, die Zeichen dafür sind, dass er nachts nicht schläft, und die dunklen Flecken auf dem Kinn, an denen man ablesen kann, dass er Medikamente nimmt. Eine Spur Lidstift fälscht das Rot der Bindehaut. Schließlich ist er so weit, dass er ausgehen kann, und wenn er zurückkommt, muss er das Waschbecken von den Spuren seines Fiaskos befreit vorfinden. Ich bin hier, um ihm zu verzeihen. Irgendwann habe ich sogar den Einfall, ihm einen Zettel zu schreiben, auf dem nur steht: *Ich vergebe dir.* Er würde diese Worte so verstehen, als hätte die Vorsehung selbst sie geschrieben. Dann würde er an den Ort zurückkehren, wo Kinder auf die flauschigen Spielsachen warten, wo die Krawatten ihren Platz im Schrank haben, wo er, das Gesicht vom Alkohol aufgedunsen, mit einem Drink in der Hand auf die Terrasse hinaustreten und aus vollem Hals der Welt zurufen kann: »Ich scheiß auf dich!«

Aber die Wirklichkeit ist die Vorsehung, und wenn alles so geht, wie es geht, hat sie bestimmt ihren tieferen Sinn. Ich verlasse das Zimmer, das nun bereit ist, seinen ewig zeitweiligen Bewohner zu empfangen.

Auf dem Korridor komme ich an Angelo vorüber, der Säcke mit Schmutzwäsche schleppt. Wir lächeln uns an. Ich öffne die Tür zum Zimmer 223, und auf den ersten Blick sehe ich sofort: Hier wohnen

Junge Amerikaner

Keine von uns schließt gerne ein Zimmer auf, in dem junge Amerikaner wohnen. Das sind keine Vorurteile. Wir haben nichts gegen Amerika, wir bewundern das Land sogar und haben Sehnsucht danach, obwohl viele von uns es noch gar nicht kennen. Aber die jungen Amerikaner, die sich im Hotel Capital aufhalten, richten ein gedankenloses, dummes Durcheinander an, ein Durcheinander, in dem nichts einen Sinn oder irgendeine Bedeutung hat.

Es ist kein rechtschaffenes Durcheinander, denn das Aufräumen verschafft keinerlei Genugtuung. Man kann es eigentlich gar nicht aufräumen – selbst wenn man alles ordentlich der Reihe nach aufstellt, wenn man die Flecken wegwischt und die Schmutzspuren beseitigt, wenn man alle Fältchen auf dem Überwurf und den Kopfkissen glättet und die zusammengeballten Gerüche mit frischer Luft vertreibt, verschwindet das Durcheinander nur für kurze Zeit, es verkriecht sich unter eine Decke und wartet da auf die Rückkehr seiner Besitzer. Sobald der Schlüssel im Schloss knirscht, wacht es auf und macht sich sofort wieder über das ganze Zimmer her.

Ein solches Durcheinander können nur Kinder anrichten: eine halb geschälte Apfelsine auf dem Bett, Zahnputzbecher voller Saft, eine plattgetretene Tube mit Zahnpasta auf dem Teppich. Papierschnipsel, die wie eine Sammlung ausgelegt sind, die Preisschildchen von Kleidung aus den besten Geschäften, in den Kleiderschrank gestopfte Kopfkissen, ein zerbrochener Hotelbleistift, auf den Sesseln verstreute Unterwäsche, adressierte Postkarten ohne Text. Der Fernseher läuft, die Gardinen sind zugezogen, an der Klimaanlage hängen Unterhosen zum Trocknen, überall liegen Zigaretten, im Aschenbecher häufen sich Melonenkerne.

Das Zimmer, in dem die Amerikaner wohnen, ist verspottet, seines Ernstes beraubt, gönnerhaft zum Scheinfreund gemacht. Ausgerechnet die hübsche, ganz in rosa und beige gehaltene Nummer 223 wird auf diese Weise profaniert. Das Zimmer sieht aus wie ein ernster älterer Herr, der sich als Hampelmann verkleidet hat.

Wenn ich hereinkomme, tut es mir schon weh. Ich bleibe eine Zeit lang reglos stehen und schätze das Ausmaß der Verwüstung ab. Das Zimmer sieht aus wie ein kleines Schlachtfeld. Teure Seidenkleider sind achtlos über die Sessellehnen geworfen, der Geruch nach Luxusparfum, Sorglosigkeit, Reichtum und Körperkraft, der Geruch der U-Bahn-Linie achtundneunzig und der völligen Missachtung der Ordnung, die ein integraler Bestandteil der Dinge ist. Diese ganze nervöse Aktivität, die fehlende Wahrnehmung der Gegenwart und das mangelnde Verständnis dafür, dass sie ja der Keim der Zukunft ist – das alles ruft in mir Furcht wach. Das ist eine Seite in diesem Kampf. Auf der anderen Seite ist das stabile, konkrete, gegenwärtige und unveränderliche Zimmer 223. Und ich bin auf der Seite des Zimmers.

Langsam und systematisch mache ich mich daran, die Sachen aufzuräumen, aber private Dinge rühre ich nicht an. Vielleicht sind sie schon daran gewöhnt, nicht an ihrem Platz zu sein.

Die Zeit vergeht hier in großen Sprüngen, und ich werde immer unruhiger. Der Fernseher dröhnt, der Sender CNN überschwemmt mich mit Nachrichten aus der dröhnenden Welt, und die Welt versichert dem Sender CNN, dass sie irgendwo dort draußen existiert und immer voller junger Amerikaner ist. Meine Unruhe wächst, meine Gebärden werden energisch und ermüdend, ich fange an mich zu beeilen, beginne auf die Uhr zu schauen, den Augenblick »jetzt« zu verlassen und einen Fuß schon in den Augenblick »danach« zu setzen. »Shit!«, fluche ich vor mich hin. Ich singe *Yankee Doodle Went to Town* ... Ich lasse den feuchten Wischlappen auf der hölzernen Tischplatte liegen. Das ist sehr nachlässig, und das Holz verfärbt sich von der Feuchtigkeit. Die Stimmung im Zimmer wirkt ansteckend. Ich muss ins Badezimmer fliehen, wo das Durcheinander nicht so spürbar ist. Als ich langsam die verstreuten Handtücher, Schwämme, Seifenstücke und Fläschchen eingesammelt habe, als ich die Badezimmertür schließen und mich auf die Einzelheiten konzentrieren kann, wird es ganz ruhig.

Das Badezimmer ist die Unterfütterung des Zimmers, die Unterseite des Lebens. Nach dem Bad bleiben in der Wanne Haare zurück, der Schmutz, der auf der Haut saß, lagert sich an der Innenwand ab. Der Abfallkorb ist voller benutzter Tampons, Kosmetiktücher und Wattebäusche. Hier liegt ein Rasierer für die Beine, dort ein Spiegel zum Zupfen der Augenbrauen und Überschminken jeglicher Unentschlossenheit. Hier eine Dose Talkumpuder gegen Schweißfüße, dort ein Klistiergerät und ein Täschchen mit Präservativen. Das Badezimmer ist nicht imstande, diese andere Seite des Lebens zu verschweigen. Ich bringe alles oberflächlich in Ordnung, vielleicht fürchte ich sogar, die sakralen Beweise der Vergänglichkeit der Menschen, die hier wohnen, zu vernichten. Vielleicht sollten sie es wissen. Vielleicht hatten sie keine Gelegenheit, es im Fernsehen zu sehen, in den Nachrichtensendungen, die alles miteinander vermischen, eines über das andere legen wie in einem Hamburger, vielleicht haben sie es nicht in der Schule gelernt, vielleicht gibt es so etwas nicht in den Filmen. Auf dem Mond hat Armstrong es auch nicht entdeckt: dass wir mit jedem Augenblick vergehen. Lebend sterben. Sie genauso wie ich.

Das bringt mich ihnen näher, diesen reichen, kraftstrotzenden Amerikanern, die so anders sind als ich. Sie haben ja ihr unglaubliches Land, einen anderen Rhythmus, jeden Tag Orangensaft zum Frühstück und eine Sprache, die die ganze Welt spricht. Vor zweitausend Jahren wären sie die Römer gewesen, und ich hätte in der Provinz gelebt, in irgendeinem Gallien oder Palästina. Aber sie und ich haben einen Körper, der aus demselben Lehm gemacht ist und vielleicht auch aus demselben Staub, einen Körper, der Haare verliert, altert und runzelt und am glatten Wannenrand einen Schmutzkranz hinterlässt. Während ich saubere Handtücher bereitlege und frische Bademäntel aufhänge, habe ich eine so tiefe Empfindung unserer Verbundenheit in diesem Elend, dass ich reglos verharre. Dasselbe Gefühl überkommt mich, wenn ich im Bett einer reichen und selbstsicheren Frau, die zu einem wichtigen wissenschaftlichen Kongress angereist ist, einen alten Teddybär in Babykleidung finde. Oder wenn in der Suite eines wichtigen Erfolgsmenschen das Bett schweißnass ist. Das ist die Angst, dieses knochenklappernde Zimmermädchen, das ihnen das Bett bereitet. Gott sei Dank, dass es sie gibt. Ohne sie wären diese Leute alte Götter – stark, selbstbewusst, hochmütig und dumm. Und jetzt, wenn sie nach Tagen voller Geschäfte, Geld, Unternehmungen, Einkäufe und wichtiger Treffen im Bett liegen und nicht einschlafen können, wenn sie daliegen und auf das verschlungene Tapetenmuster starren, beginnen ihre müden Augen in diesem rhythmischen Muster einen Riss, ein Loch, eine Unstimmigkeit zu entdecken. Sie sehen plötzlich Kratzer darin, eine Verfärbung, jenen Staub, der sich nicht abwischen lässt, den Schmutz, den man nicht abwaschen kann. In solchen Augenblicken werden die Teppiche kahl wie kranke Frauen und in den makellosen Tüllvorhängen erscheint das Brandloch von einer Zigarette. Der Atlas der Kissen platzt an den Nähten, Rost überzieht die Klinken und Beschläge. Die Kanten der Möbel stoßen ab, die Fransen der Vorhänge verheddern sich. Die Wolldecke verliert ihre Geschmeidigkeit und verfilzt vor Alter. Es riecht nach Staub. Ich weiß sogar, was die Leute dann machen. Sie stehen auf, schütteln den Kopf und genehmigen sich einen starken Drink oder eine Schlaftablette. Mit geschlossenen Augen liegen sie dann im Bett und zählen Schäfchen, bis der Schlaf ihre verängstigten Gedanken erlöst. Am Morgen erscheint ihnen dieser Augenblick der Nacht unwirklich und von einem bösen Traum nicht zu unterscheiden. Und einen bösen Traum hat doch jeder mal, nicht wahr?

Ich lehne mich an die Badezimmertür. Die Arbeit ist getan. Ich habe Lust, eine Zigarette zu rauchen.

Jetzt habe ich die Wahl zwischen zwei Zimmern: 228 und 229. Ich entscheide mich für 229, denn die Quersumme der Ziffern ergibt

Dreizehn

Das ist eine Ziffer des Überschwangs und Betrugs, und das gilt auch für das Zimmer, denn Nummer 229 hat ganz besondere Eigenschaften. Es zieht an, verspricht, birgt Überraschungen. An sich ist es scheinbar so wie die anderen: auf der rechten Seite das Badezimmer, der kurze Flur und dann alles Übrige, einschließlich des Bettes mit einem braunen Überwurf und der Tapeten in Grautönen, samt der Vorhänge mit Blumenmuster, Kommode und Spiegel. Und trotzdem wirkt es leerer als die anderen Zimmer. Hier höre ich meinen eigenen Atem, ich sehe meine vom Wasser aufgequollenen Hände, mein Spiegelbild erscheint weniger zufällig. Immer wenn ich dieses Zimmer betrete, werde ich vor Anspannung steif. In der letzten Woche wohnte hier ein Liebespaar, vielleicht ein junges Ehepaar. Sie zerwühlten das Bett, verstreuten die Handtücher, verschütteten Shampoo. Sie hinterließen gelbe Flecken auf dem Betttuch, ein riesiges Blumengesteck als

Zeugnis von Liebesschwüren. Mit großem Bedauern musste ich es wegwerfen. Dieses Zimmer lässt sich schwieriger in Bereitschaft versetzen, denn es hat sein eigenes Gesicht. Es nimmt die Menschen mit Vorsatz an. Ich habe den Verdacht, dass es sie nach der ersten dort verbrachten Nacht in seinen Fängen hält, mit Träumen beunruhigt, über die Zeit hinaus fesselt, Wünsche weckt und Pläne über den Haufen wirft. Vor zwei Wochen vergaßen die Bewohner, die Wasserhähne im Badezimmer zuzudrehen. Das Wasser strömte in den Korridor, überschwemmte den flauschigen Teppich, bespülte die vergoldeten Tapeten. Die entsetzten Gäste standen, in Laken gewickelt, im Zimmer, während das Personal mit Aufnehmern herumlief.

»Es ist nichts passiert! Es ist nichts passiert!«, sagte Zapata immer wieder, während er die nassen Aufnehmer auswrang, sein Gesicht aber sagte etwas anderes, nämlich, dass etwas Schreckliches passiert war, dass dumme, gedankenlose Menschen die Hand gegen das Hotel Capital erhoben hatten.

Solche Dinge geschehen immer in Nummer 229.

Dieses Zimmer ist anders, das steht fest. Ich glaube, in der Rezeption weiß man das, denn man lässt es öfter leer stehen. Der ganze Betrieb wird in die Zimmer mit den niedrigeren Nummern am Anfang des Korridors gelenkt, damit die Leute näher am Fahrstuhl, näher an der Treppe, näher an der Welt sind.

Wenn das Zimmer leer steht, muss ich nur nach-

46

prüfen, ob alles dort in Ordnung ist, ob sich kein Staub auf den Möbeln gesammelt hat und ob die Klimaanlage funktioniert. Das mache ich besonders sorgfältig. Ich glätte den Überwurf, fahre über den Rand der Holzverkleidung, lüfte und setze mich dann kurz in einen Sessel und lausche meinem eigenen beschleunigten Atem. Das Zimmer umgibt mich, es umfängt mich. Es ist eine zärtliche, ungreifbare Liebkosung, die nur von einem geschlossenen Raum ausgehen kann. In solchen Augenblicken spüre ich ganz deutlich, dass mein Körper existiert und die rosaweiße Uniform bis zum Rand ausfüllt. Ich fühle den Kragen um meinen Hals und den kalt glänzenden Verschluss zwischen den Brüsten. Ich fühle die Schürzenbänder, die meine Taille umgürten. Ich fühle meine Haut, wie sie lebt, ihren Geruch hat und schwitzt, und ich fühle meine Haare, die meine Ohren streifen. Dann stehe ich gerne auf und betrachte mich im Spiegel, und jedes Mal wundere ich mich. Das bin ich? Ich? Ich berühre mein Gesicht mit den Fingern, fasse die Haut auf meinen Wangen, kneife die Augen zusammen, ziehe das Gummiband straffer um meine Haare. So erscheine ich mir manchmal im Traum – immer im Spiegel, immer mit einem anderen Gesicht.

Ich stehe da und träume davon, mich in einer steril sauberen Wanne zu baden, mit diesen weißen, warmen Handtüchern abzutrocknen und mich dann auf dem braunen Überwurf auszustrecken und ruhig darauf zu lauschen, wie wir atmen – das Zimmer und ich, ich und das Zimmer.

Heute ist Nummer 229 belegt, und an der Klinke hängt ein Schild, dass das Zimmer sauber gemacht werden kann. Ich öffne die Tür mit meinem Schlüssel und gehe hinein. Die Kiste mit den Reinigungsutensilien ziehe ich hinter mir her. Dann bleibe ich völlig überrascht stehen, denn das Zimmer ist nicht leer. Am Schreibtisch sitzt ein Mann an der Tastatur seines Notebooks. Als ich die Sprache wiedergefunden habe, bitte ich um Entschuldigung und will schon hinausgehen, er hat sich geirrt, denke ich, er hat das Schild falsch herum aufgehängt. Aber er bittet mich herein und sagt, seine Anwesenheit solle mich nicht stören.

So etwas kommt manchmal vor. Mir gefällt so etwas gar nicht. Ich muss mich dann beeilen und meine Arbeit vor den Augen des Gastes verrichten. Damit wird der Gast zum Gastgeber und ich zum Gast. Die ewige Ordnung wird auf den Kopf gestellt. Meine Reinigung ist nicht mehr allmächtig, sie hat kaum etwas zu bedeuten. Die Zimmer sind nicht dazu gedacht, Gast und Zimmermädchen gleichzeitig zu beherbergen, und wir sind einander im Weg. Ich muss schnell und geschickt das große Doppelbett neu beziehen, das ich zu diesem Zweck von der Wand abrücken muss. Es ist nur wenig Platz. Der Mann an seinem Computer reicht schon aus, um mich beim Beziehen des Betts zu behindern. Ich weiß, dass ich ihn nicht mag. Er ist beängstigend lebendig.

Zuerst ziehe ich das alte Laken und die Bezüge der vier Kopfkissen ab. Ich lege das erste frische Betttuch auf, und um es glatt zu ziehen, muss ich ganz um das abgerückte Bett herumgehen. Ich spüre, dass der Mann mich beobachtet. Ich habe nicht den Mut, ihn anzusehen, ich will seinem Blick nicht begegnen. Ich müsste ihn dann anlächeln, er würde eine Frage stellen, ich müsste antworten. Ich versuche, ganz leise zu sein, nicht zu rascheln. Jetzt lege ich das zweite Laken auf, zwänge mich zwischen den Möbeln hindurch und lege die Ränder des Lakens unter die Matratze. Als ich an den ausgestreckten Beinen des Mannes vorbeikomme, mache ich mich ganz schmal, um sie nicht zu streifen, und ich beeile mich, ich beeile mich sehr. Dabei sieht mich der Typ ganz unverhohlen an. Das fühle ich. Seine ausgestreckten Beine sind eine Provokation, sie behindern mich und schüchtern mich ein. Vor Hast und Ärger wird mir heiß. Die angespannten Wadenmuskeln schmerzen, wenn ich die schwere Matratze hochhebe. Jetzt stecke ich die Kissen in die sauberen Bezüge. Etwas misslingt mir, das Kopfkissen rutscht mir aus den Händen und fällt auf den Boden. Ich stolpere darüber und verliere das Gleichgewicht. Ich bin genau ins Blickfeld der neugierigen Augen geraten.

»Bist du Spanierin?«, fragt er.

»Aber nein.«

»Jüdin?«

Ich verneine.

»Woher bist du denn?«

Ich antworte, und er sieht enttäuscht aus.

Ich rücke die Kissen zurecht und mache mich an den Überwurf. Er sieht interessiert zu, wie ich mich damit abmühe, den schweren Überwurf geradezuziehen. Wieder stehe ich neben ihm. Jetzt wende ich ihm den Rücken zu. Als ich die Kissen glatt streiche, spüre ich seinen Blick auf meinen Waden. Ich drücke mich an die Wand und verstecke meine Beine hinter dem Bett. Plötzlich geniere ich mich wegen der flachen schwarzen Schlappen, die ich trage, und ich stelle mich unwillkürlich auf die Zehenspitzen. Dann tut es mir leid, dass ich in dieser unansehnlichen und wenig schmeichelhaften Uniform stecke, mit der Schürze und dem Schlüsselbund an der Hüfte, anstatt in einem eleganten Kleid, wie ich es bei den Amerikanern gesehen habe. Ich fühle mich unsauber, verschwitzt und müde. Ich weiß, dass der Mann am Computer mich schamlos begutachtet. Sein Blick berührt mich irgendwo in der Kragengegend, an dem silbernen Reißverschluss, aber ich bin schon auf der anderen Seite des Betts. Ich muss eigentlich noch einmal an ihm vorbei, um die kleinen Kissen zu ordnen, aber dann würde ich wieder diesen gierigen Blick in meinem Rücken spüren, deshalb werfe ich die Kissen einfach auf das Bett. Als ich mich nach der Schmutzwäsche, der Wäsche dieses Kerls, bücke, kommt es mir vor, als sei mein Körper angeschwollen und wolle aus der Uniform platzen. Soll ich etwas sagen? Und in welchem Ton, welcher Sprache, warum? Mit gesenktem Blick weiche ich zur Türe zurück. Ich nehme die Kiste mit meinen Reinigungsutensilien und Schwämmen und stehe schon auf der Schwelle.

»Danke sehr«, sage ich, dabei weiß ich, dass ich mich für nichts zu bedanken habe. Er sollte sich charmant verbeugen und mir die Hand küssen. Und ich würde einen kleinen Knicks machen oder etwas dieser Art.

Ich sehe, dass der Typ nachsichtig mit dem Kopf nickt, und der Anflug eines Lächelns, der dabei auf seinem Gesicht erscheint, lässt mich erleichtert nach der Klinke greifen.

»Auf Wiedersehen«, sagt er, aber ich will ihn nie mehr wiedersehen.

Endlich bin ich draußen, vor der Tür.

Ich bleibe noch einen Augenblick stehen und horche. Ich bin ganz erhitzt, meine Beine tun mir weh, die Muskeln zittern vor Anstrengung. Ich habe mich so beeilt, dass ich viel Zeit gespart habe. Ich würde gerne unten ein wenig verschnaufen.

Ich stelle die Kiste an die Wand und gehe in den dritten Stock. Dort ist ein kleiner Durchgang zum *Squar,* einem gewundenen Seitentreppenhaus, und dort beginnt für die Dauergäste. Ich gehe ein paar Stufen hinab an ein, zwei Türen vorbei und stehe am Geländer eines drei Stockwerke tiefen Treppenhauses. Ich blicke nach unten und sehe bis ins Parterre. Wie üblich ist dort kein Mensch.

Nur Halbdunkel und Stille. So kann man am besten eine Ruhepause machen – mit dem Blick nach unten, wo alles kleiner und ferner, weniger deutlich und trügerisch wird.

Der *Squar* ist tatsächlich der geheimnisvollste Teil des ganzen Hotels, man muss hellwach und aufmerksam sein, um sich hier nicht zu verirren. Nichts als Stufen, Durchgänge, Halbgeschosse und Ecken. Es ist wie ein Turm mit Nebengebäuden, er besteht aus drei Stockwerken, auf denen jeweils zwei Zimmer sind, deren Nummer mit einer Sieben beginnt. Ich weiß, dass es insgesamt acht Zimmer gibt, aber ich kann mir beim besten Willen nicht vorstellen, in welchen Winkeln sich die übrigen beiden befinden. Vielleicht wohnen dort Misanthropen oder unbequeme Ehefrauen, gefährliche Zwillingsbrüder, zwielichtige Mätressen. Vielleicht mietet die Mafia sie für illegale Geschäfte, oder Staatsoberhäupter, die hier, in der Abgeschiedenheit dieses spiralförmigen Raums, eine alltägliche Existenz führen wollen.

Die Zimmer im *Squar* sehen anders aus, eigentlich sind es Appartements. Sie sind vielleicht weniger elegant als die Zimmer oder auf andere Weise elegant. Verborgene Wandschränke, kleine Veranden, merkwürdige Möbel und Buchattrappen. Ganze Regale, die aus Buchattrappen bestehen: Shakespeare, Dante, Donne, Walter Scott. Wenn man ein solches Buch in die Hand nimmt, stellt man fest, dass es eine leere Pappschachtel ist, die einen Bucheinband vortäuscht. Eine Bibliothek der Leere.

Wenn man durch den *Squar* zu der Personaltoilette im Kellergeschoss geht, muss man aufpassen, dass man sich nicht verläuft. Das ist mir am Anfang passiert. Ich öffnete eine Tür, die mir bekannt vorkam, aber sie führte nicht, wohin sie sollte; ich stellte die Kiste mit den Reinigungsutensilien auf einer Treppe ab und konnte sie hinterher nicht mehr finden. Ich betrachtete die Reproduktionen von Stillleben an den Wänden, und hinterher dachte ich, ich hätte nur davon geträumt. Hier geschieht etwas Merkwürdiges mit dem Raum. Der Raum mag keine Wendeltreppen, Kamine und Schächte. Dann entwickelt er die Neigung, zu Labyrinthen zu degenerieren. Am besten hält man sich am Geländer des Treppenschachts fest, so wie ich es jetzt tue. Und dann schaut man weder nach unten noch oben, sondern einfach geradeaus.

Plötzlich dringt ein Geräusch an meine Ohren, irgendwo dort unten tut sich etwas, das sich verdächtig rhythmisch anhört: Puff, puff, puff und dazu ein Quietschen. Was ist das? Ich schleiche mich zu der

Tür, die so aussieht wie alle anderen Türen im Hotel. Durch den Ritz über dem Fußboden sehe ich nur Metallspangen, doch ich höre jetzt ganz deutlich das rhythmische Geräusch und schwere Atemzüge dazu. Ich lege vorsichtig mein Ohr an die Tür, das Stöhnen wird immer schneller und heftiger, das Quietschen durchdringender. Ich springe erschrocken zurück, mir wird heiß, die Schlüssel an meiner Schürze klirren.

Auf der anderen Seite der Tür wird es still. Ich laufe leise wieder die Treppe hinauf und stelle mich im Stockwerk darüber an das Geländer. Man hört das Klacken von Klammern, die abgeschnallt werden, die Zimmertür öffnet sich einen Spalt, und ein Mann in Unterhosen schaut auf den Korridor hinaus. In der Hand hält er ein Gerät mit etlichen Spiralfedern, das aussieht wie ein komplizierter Expander. Ich drücke mich an die Wand hinter mir. Meine aufgewühlte Phantasie lässt sich kaum beruhigen.

Ich steige die dunkle Wendeltreppe in den Keller hinab, wo sich unsere Toiletten befinden. Dort verbreiten ordinäre Neonröhren ein grelles Licht. Ich schließe mich ein und beuge mich über das Waschbecken, spritze kaltes Wasser auf Gesicht und Hände, aber auch das kühlt mich nicht ab. Ich setze mich auf den Toilettensitz. Kein Geräusch dringt hierher. Es ist steril, leise, sicher. Angestrengt betrachte ich nacheinander die verschiedenen Reinigungspulver,

die Papiertaschentücher, die große Rolle Toiletten-
papier und die in Miss Langs Handschrift abgefasste
Notiz:

Kurze Geschichte der Zivilisierung des Personals.

Zuerst hat Miss Lang geschrieben:

*Warum hat das Hotel wohl Hygienebeutel zum
einmaligen Gebrauch eingeführt?* Und dann die
Unterschrift: *Miss Lang.*

Aber wahrscheinlich konnte keines der Mädchen
auf die Frage eine Antwort finden, denn unter der
Notiz hängt noch ein Zettel: *Bitte alle benutzten
Hygieneartikel in den dafür vorgesehenen Papier-
beuteln entsorgen.*

Offensichtlich hat auch diese Bitte nicht das ge-
wünschte Ergebnis erzielt, denn darunter hat Miss
Lang in roter Tinte und kategorischem Ton hinzu-
gesetzt:

Binden und Tampons bitte nicht ins Klosett werfen!

Ich bleibe noch eine Zeit lang sitzen und sehe mir
jeden Buchstaben genau an. Dann zupfe ich meine
Haare zurecht und gehe zurück auf mein Stockwerk,
denn

Das letzte Zimmer

habe ich noch nicht gemacht.

Es ist schon nach zwei Uhr, und inzwischen
herrscht mehr Betrieb. Der offizielle Aufzug fährt
auf und ab, die Türen schlagen dumpf, wenn sie sich

öffnen und schließen. Die Gäste brechen in die Stadt auf, die Mägen verlangen nach einem Lunch. Angelo von der Schmutzwäsche macht sich in meiner Abstellkammer breit und stopft die Schmutzwäsche in seine Säcke.

»Wie viel hast du noch?«, fragt er.

»Eins«, sage ich und stelle zum wiederholten Mal fest, dass Angelos Platz nicht in einem eleganten Hotel ist, sondern im Hohelied, wo er vor sich hin schlendern und wie ein junger Hirsch über die Berge hüpfen könnte. Denn Angelo ist schön und wohlgestaltet wie die Berge des Libanon.

Er nickt und zeigt verstohlen auf ein altes Paar, das gerade aus Nummer 228 kommt. Ich habe sie schon einmal auf dem Weg zum Fahrstuhl gesehen. Er ist groß, weißhaarig und ein wenig gebückt, aber er hält sich besser als sie. Vielleicht ist er jünger, vielleicht hat er einen Pakt mit der Zeit geschlossen. Sie ist ganz klein, ausgetrocknet, zitterig, kann kaum einen Fuß vor den anderen setzen.

»Das sind Schweden. Sie ist hier, um zu sterben«, sagt Angelo, und er weiß alles.

Angelo meint das wohl nicht ganz ernst, aber als ich den beiden hinterherschaue, bemerke ich, dass der alte Mann die Frau nicht nur stützt, sondern fast trägt. Wenn er sie losließe, würde sie in sich zusammensacken wie ein leeres Kleid. Sie tragen immer Beige- und gedämpfte Brauntöne, die Farben des Hotels. Beide sind weißhaarig, und dem Weiß ihrer

Haare sieht man an, dass es schon alle Sünden des Lebens vergessen hat.

Als sie im Fahrstuhl verschwunden sind, gehe ich in ihr Zimmer. Dieses Zimmer mache ich gerne sauber. Es gibt nicht viel zu tun. Die Dinge stehen wie verwurzelt an ihrem Platz. In der Luft hängen keine bösen Träume, kein Keuchen, keine Erregung. Die leicht zerdrückten Kissen zeugen von einem ruhigen Schlaf. Im Badezimmerspiegel sieht man das Abbild der ordentlich aufgehängten Handtücher, der säuberlich aufgestellten Zahnbürsten und ausgespülten Zahnputzbecher. Einfache Kosmetika stehen da, eine gewöhnliche Creme, Mundwasser, diskretes Parfum und Toilettenwasser. Als ich das Bett mache, fällt mir auf, dass es hier keinen konkreten Geruch gibt. So riechen Kinder. Ihre Haut an sich strömt keinen Geruch aus, sie fängt nur die Gerüche von außen auf und hält sie fest: den Geruch von Luft, von Wind, vom Gras, das der Ellbogen flach gedrückt hat, und den wunderbar salzigen Geruch der Sonne. Und so riecht dieses Bett. Wenn man ohne Sünde schläft, ohne weitreichende Pläne, ohne Auflehnung und Verzweiflung, wenn die Haut immer dünner, immer papierener wird, wenn das Leben langsam aus dem Körper entweicht wie aus einem sonderbaren Gummispielzeug, wenn man die Vergangenheit als endgültig geschehen und abgeschlossen betrachtet, wenn man nachts beginnt, von Gott zu träumen, dann hört der Körper auf, in der Welt seine Geruchsmarkierungen zu hinterlassen. Die Haut nimmt die Gerüche von außen auf und kostet sie zum letzten Mal.

Auf dem kleinen Tisch neben mir liegen zwei Bücher. Ich horche, ob niemand auf dem Gang unterwegs ist, und tue dann etwas, was ich nicht darf. Ich öffne eines der Bücher, es ist ein dickes Heft, wahrscheinlich ein Tagebuch, denn auf jeder Seite steht ein Datum und darunter eine zittrige runde Schrift in einer mir völlig unverständlichen Sprache. Das Heft ist fast vollgeschrieben, es sind nur noch ein paar leere Seiten darin. Das andere Buch ist die Bibel auf Schwedisch. Ich verstehe kein Wort, aber trotzdem kommt mir alles bekannt vor. Ein rotes Leseband ist da eingelegt, wo das Buch Prediger beginnt. Ich überfliege die Verse mit den Augen und habe das Gefühl, dass ich anfange, alles zu verstehen. Zuerst erscheinen einzelne Worte vertraut, dann tauchen ganze Sätze aus der Erinnerung auf und fließen mit dem Gedruckten zusammen: »Was war, das war längst gewesen, und was noch sein soll, war längst gewesen; so sucht Gott das Hinweggeeilte auf.« Die geheimnisvollsten Worte in der ganzen Heiligen Schrift.

Als ich fertig aufgeräumt habe, setze ich mich noch einmal auf das frisch gemachte Bett. Es ist angenehm, sich eine Zeit lang so im Dasein schweben zu lassen. Dann betrachte ich meine von den Putzmitteln mitgenommenen Hände und meine inzwischen sichtbar geschwollenen Füße in den schwarzen Schlappen. Aber mein Körper lebt und füllt meine Haut bis zum Rand aus. Ich rieche am Ärmel meiner Uniform – sie riecht nach Müdigkeit, Schweiß, Leben.

Mit Bedacht lasse ich etwas von diesem Geruch in Zimmer 228.

Ich schließe die Tür hinter mir und gehe in die Abstellkammer. Ich räume den Staubsauger und die Kiste mit den Reinigungsutensilien fort, dann ziehe ich die rosaweiße Uniform aus und stehe eine Weile nackt da, ohne Eigenschaften. Um mich wieder zurückzuverwandeln, lege ich meine Ohrringe an und ziehe mein buntes Kleid über. Dann fahre ich mir mit der Hand durch die Haare und schminke mich.

Ich gehe hinaus auf die sonnenüberflutete Straße und komme dabei an dem Schotten vorbei, der sich im Hauseingang umzieht. Der Schottenrock liegt auf dem Dudelsack, und er knöpft sich gerade die zerlöcherten Jeans zu.

»Ich hab doch gewusst, dass du nicht echt bist«, sage ich.

Sauermehlsuppe

W ir hätten den Kinderwagen nehmen sollen«, sagte die eine zur anderen, als sie sich auf dem schon lange nicht mehr geräumten Weg zur Autobushaltestelle befanden.

Die Ältere trug das Kind, das in eine Decke gewickelt war. In der rasch zunehmenden Dunkelheit wirkte die Decke grau, als sei sie schmutzig. Die Jüngere ging hinter ihrer Mutter her, sie trat einfach in deren Fußstapfen im Schnee, das war leichter.

»Wir hätten tagsüber fahren sollen und nicht abends«, ließ sich die Ältere wieder vernehmen.

»Ja, wir hätten, wir hätten«, sagte die Jüngere. »Ich hab es aber nicht geschafft.«

»Du hättest dich nicht so zurechtmachen sollen.«

»Du hast dich auch zurechtgemacht.«

»Hab ich gar nicht. Ich konnte die Mütze nicht finden.«

Sie kamen gerade noch rechtzeitig zum Autobus. Mit ganz beschlagenen Scheiben kam er angefahren, kaum jemand saß darin, eine leere Blechbüchse.

Auf den hinteren Sitzen drängte sich eine Gruppe von Teenagern. Sicher fuhren sie ins Städtchen, zur Diskothek. Die Jüngere musterte sie misstrauisch, aber auch begehrlich. Sie taxierte die Mädchen, besonders die in der Lederjacke und den engen Jeans. Die Mutter fragte die Tochter leise nach etwas, aber die knurrte sie nur an. Dann wischte sie die beschlagene Scheibe frei und blickte in die Dunkelheit draußen, in der hier und da Lichter flackerten. Die Jugendlichen fuhren weiter, und die beiden Frauen stiegen an der zweiten Haltestelle aus, da, wo die Seitenstraße in die zweispurige Straße mündete, über die schwere Lastwagen donnerten.

Sie gingen an dem festtäglich beleuchteten Motel vorbei und kamen an die Fischbraterei. Eine Zeit lang standen sie unter der Aufschrift *Always Coca-Cola*, die wie ein riesiger roter Mond die Fassade des frisch renovierten Hauses erhellte.

»Sollen wir hier nach ihm rufen, oder wie machen wir's?«, fragte die Mutter.

»Geh du rein, ich warte mit dem Kind.«

Die Ältere ging hinein und kam kurz darauf wieder heraus.

»Er ist nicht da. Er ist zu Hause.«

Sie wechselten einen Blick miteinander, dann traten sie in den Hof.

Vor der Hundehütte bellte ein angeketteter Hund. Die automatische Außenbeleuchtung schaltete sich ein. Der Schnee breitete eine gnädige Decke über das ganze Baugerümpel – Bretterstapel, in Folie eingeschweißte Styroporpacken, Pyramiden von Hohlbausteinen. Herr Wladek baute eine Garage.

Er kam zu ihnen heraus. Ein stattlicher rothaariger Mann in einem Strickpullover, an dessen Ärmeln die Maschen sich gnadenlos aufribbelten. Er sah sie erstaunt an.

»Was macht ihr denn hier um diese Zeit?«, fragte er ohne ein Wort des Grußes.

»Wir haben was zu besprechen«, sagte die Ältere.

»Ach ja?«, fragte er gedehnt und noch erstaunter.

»Können wir reinkommen?«

Er zögerte, aber nur eine Sekunde lang, fast unmerklich. Er ließ sie ins Haus, in den Flur, wo die Wände mit grobkörnigem Zement frisch verputzt waren, der ihnen unter den Füßen knirschte. Sie traten in die unaufgeräumte Küche. Er bastelte anscheinend gerade an der Spüle herum, denn der Spülschrank war abgerückt, und die Geheimnisse der Rohre und Rohrknie lagen offen.

»Können wir uns setzen?«, fragte die Ältere.

Er stellte ihnen zwei Stühle hin, fast in die Mitte der Küche, er selbst zündete sich eine Zigarette an und lehnte sich an den abgerückten Schrank. Erst jetzt sah er das Kind und lächelte.

»Junge oder Mädchen?«

»Ein Junge«, sagte die Jüngere und wickelte das Kind aus der Decke. Sie schob ihm das hellblaue Wollmützchen aus der Stirn. Das Kind schlief. Sein runzliges Gesichtchen erinnerte Herrn Wladek an eine frisch entkernte Haselnuss. Es war hässlich.

»Süß«, sagte er. »Und wie heißt er?«

»Er heißt noch gar nicht«, sagte die Jüngere fröhlich.

»Wladyslaw«, warf die Ältere rasch ein.

»Wladyslaw?«, wunderte er sich. »Wer nennt denn heute noch sein Kind Wladyslaw?«

Er machte ein missbilligendes Gesicht. Dann zog er an der Zigarette.

»Was wolltet ihr also besprechen?«

»Du heißt Wladyslaw mit Vornamen, und er heißt Wladyslaw …«, fuhr die Ältere fort.

»Na gut, dann eben Wladyslaw, hat ja keiner verboten.«

Sie schwiegen. Der Mann ließ die Asche auf den Fußboden fallen.

»Also, was ist?«

Die Frau richtete die Augen schnell auf die Spitze der Gardinenstange, die an der Wand lehnte.

»Das Kind ist von dir, Wladek«, sagte sie, den Blick auf die Gardinenstange geheftet. »Bald ist Weihnachten, und wir wollen es taufen lassen.«

Das Gesicht des Mannes erstarrte.

»Dich hat wohl einer gestoßen, Halina? Wie kann denn das mein Kind sein?« Er wandte sich an das Mädchen. »Iwonka, sag doch, wie kann denn das mein Kind sein, was redet ihr beide da für dummes Zeug?«

Iwonka biss sich auf die Unterlippe und begann, das Kind heftig hin- und herzuwiegen. Es wachte auf und weinte kurz.

»Wer ist der Vater?«, fragte er.

»Du bist der Vater. Das ist dein Kind.«

Der Mann richtete sich auf und drückte die Zigarette mit dem Absatz aus.

»Raus mit euch, beide, sofort.«

Sie standen zögernd auf. Iwonka zog dem Säugling das hellblaue Mützchen in die Stirn.

»Los, los, raus hier«, trieb er sie an.

»Na gut, Wladek, dann ist es eben von deinem Sohn«, sagte die Mutter plötzlich, ohne sich umzudrehen, als sie schon an der Türe waren.

»Er war ja zu Ostern hier«, sagte Iwonka herausfordernd.

»Raus mit euch.«

Die Tür fiel hinter ihnen ins Schloss. Schweigend standen sie auf dem schmutzigen, zertrampelten Schnee. Kurz darauf ging das Licht aus.

»Und was jetzt?«, fragte Iwonka die Mutter.

»Was soll sein? Nichts.«

Der nächste Autobus fuhr erst in einer Stunde, deshalb machten sie sich zu Fuß auf den Rückweg.

»Ich hab doch gesagt, wir hätten den Kinderwagen mitnehmen sollen. Jetzt laufen wir bestimmt eine Stunde.«

»Besser wir laufen, als dass wir an der Haltestelle stehen und frieren.«

In der Nacht war das Kind unruhig. Iwonka schlief wie ein Stein, deshalb stand ihre Mutter auf, tauchte den Zipfel einer Windel in warmes Wasser und gab es dem Kleinen zum Saugen. Hilflos bewegte er das kleine Mündchen. Durch die Ritzen im Herd schimmerte das Feuer.

Am Morgen waren sie beide im Laden. Iwonka kaufte sich ein Magnum-Eis. Es kostete ein Vermögen. Die Mutter machte ihr Vorwürfe. Es gehe ihr nicht mal ums Geld, sagte sie, aber wenn Iwonka sich erkälte, werde sie nicht mehr stillen können. Iwonka aß ungerührt ihr Eis und zuckte mit den Schultern. Das Kind schlief in dem hellblauen Kinderwagen.

»Was für ein niedliches kleines Kerlchen«, sagte die Verkäuferin entzückt. In ihrer bügelfreien Schürze, die sie über den Pullover gezogen hatte, trat sie auf die Stufen vor den Laden. »Huh, ist das eine Kälte!«

Im Laden bildete sich schnell eine kleine Schlange, denn das war gegen Mittag immer so. Diesmal waren nicht nur die Männer vom Ort da, die billigen Wein kaufen wollten, oder Leute auf der Durchfahrt, die Cola und Nüsse für die Reise verlangten. Heute kamen die Hausfrauen und wollten Öl für den Kuchenteig, Vanillezucker, Margarine und Rosinen. Mit der Genauigkeit einer Apothekerin wog die Ladenbesitzerin Mäusespeck, Schokoladenwaffeln und besondere Weihnachtsbonbons ab, bei denen das glitzernde lila-goldene Einwickelpapier die Hauptsache war. Diese kleinen Hübschheiten wurden in den Weihnachtsbaum gehängt. Den

Leuten war gar nicht daran gelegen, dass es schnell voranging, ganz im Gegenteil – jeder, der an die Theke gelangte, plauderte mit der Ladenbesitzerin, und diese wiederum ließ ihre Zahlenkolonnen und Backpulvertütchen links liegen und lehnte sich auf die Ladentheke, um die mitgebrachte Geschichte anzuhören. Man konnte fast meinen, die Leute bezahlten nicht mit Geld und die Geldstücke wären nur irgendwelche rituellen Steinchen. Für Rosinen, Backpulver und billigen Wein bezahlte man mit einer kleinen Geschichte, einer Frage, einer witzigen Bemerkung. Deshalb dauerte es so lange.

Vor dem Laden hielt ein elegantes dunkelgrünes Auto, eins von diesen ganz modernen mit hohem, ausgewölbtem Hinterteil. Auf das Dach waren Skier geschnallt. Ein Mann in Daunenjacke und Goretexschuhen stieg aus, auf dem Kopf trug er eine komische Mütze. Er sagte etwas zu der Frau, die mit zwei halbwüchsigen Kindern im Auto sitzen blieb. Der Mann lief leichtfüßig zum Laden und stellte sich gleich hinter Matuszek an.

»Habt ihr Sauermehlsuppe?«, fragte der Daunenjackenmann, und ohne jeden Zusammenhang setzte er händereibend hinzu: »Mann, ist das kalt!«

Die Frage nach der Sauermehlsuppe wirkte wie ein Dämpfer auf das Stimmengewirr im Laden. Die Verkäuferin, die sich mitten in ihrem Monolog zur Ordnung gerufen fühlte, blickte den Neuankömmling unwillig an.

»Sauermehlsuppe, in der Flasche. Oder im Glas, das weiß ich nicht, kommt drauf an, was bei euch hier üblich ist – in der Flasche oder im Glas.«

»Sauermehlsuppe«, wiederholte Frau Harasimiukow erklärend zu der Verkäuferin gewandt und begann, ihre bescheidenen Einkäufe in eine Plastiktüte zu packen.

Alle musterten den Neuankömmling jetzt verstohlen. Der Schnee taute langsam von seinen modischen bunten Schneestiefeln. Die gelbe Aufschrift auf der hellblauen Jacke verkündete in einer Fremdsprache irgendeine selbstverständliche Weisheit. Die Verkäuferin warf einen Blick auf das untere Regalbrett.

»Ja«, sagte sie. »Eine Flasche ist noch da.«

»Aha, ihr habt also Flaschen. Bei uns im Norden gibt es Sauermehlsuppe im Glas«, erklärte der Mann und sah der Reihe nach allen Leuten im Laden fröhlich ins Gesicht. »Wir fahren zum Skilaufen nach Österreich, aber meine Frau will unbedingt Sauermehlsuppe mitnehmen, und das hier ist der letzte Laden vor der Grenze«, sagte er jetzt etwas weniger laut und wandte sich dabei aus unerfindlichen Gründen an Matuszek.

Matuszek wandte den Blick ab und betrachtete ungerührt die Zigarettenmarken, die hinter der Glasscheibe der Thekenauslage ausgestellt waren. Die Wartenden rückten schweigend um einen Platz vor. Frau Harasimiukow zählte an der Tür ihr Wechselgeld.

»Was sind das für Weihnachten ohne Sauermehl-suppe«, meldete sich der Mann wieder zu Wort. Seine hohe, durchdringende, selbstsichere Stimme tat in den Ohren weh. »Das ist unsere polnische Spezialität. Ich bin schon in so vielen Ländern in Europa und auf der ganzen Welt gewesen, aber nirgendwo haben sie Sauermehlsuppe. Klar, die haben auch ihre Spezialitäten, aber keine Sauermehlsuppe. Als ich hier vorbeikam, hab ich deshalb gedacht: Hier muss ich sie kaufen, jetzt oder nie. In der Tschechei haben sie keine Sauermehlsuppe.«

Keiner reagierte. Der Mann begann, von einem Fuß auf den anderen zu treten, und hauchte in seine zusammengelegten Hände. Die Verkäuferin, diese schwatzhafte Verkäuferin, war von der Anwesenheit des Fremden so verwirrt, dass sie ihre Arbeit rasch und gründlich verrichtete. Die Schlange der Warten-den rückte schnell vor, zu schnell, denn keiner hatte es ja eilig.

»Kalt«, sagte der Fremde zu Matuszek und rieb wieder theatralisch die Hände aneinander.

Matuszek sah ihn an, und aus Höflichkeit lächelte er fast unmerklich. Dann wandte er sich wieder den Zigaretten in der Auslage zu.

»Wir haben eine Ferienwohnung in den Alpen ge-bucht. Mann, da sind vielleicht Lifte, und diese Tal-station! Und Abfahrten von einer Stunde oder sogar noch mehr. Und unten im Hotel ist ein Schwimm-bad und eine Bar. Gegessen wird aber in der Wohnung, nur unter uns. Jede Wohnung hat eine Küche, deshalb kann meine Frau auch die Sauermehlsuppe machen. Ich nehme auch noch ein Stück Wurst, aber es muss gute Wurst sein. Gibt's hier gute Wurst?«, fragte er plötzlich besorgt.

Die nächste Frau wandte sich unwillig von der Ladentheke ab. Die Verkäuferin öffnete den Reißverschluss ihres hochgeschlossenen Pullovers ein kleines Stück.

»Ach ja, da liegt ja die Wurst. Aber eine Wurst zu sechs Zloty – die kann ja nichts taugen«, sagte der Mann.

Die Hupe ertönte. Der Mann ging zur Tür und ließ eine Wolke eisiger Luft herein. Er rief etwas in Richtung Auto und kehrte dann an seinen Platz zurück.

»Meine Frau wird schon ganz nervös, heute Abend wollen wir in den Alpen sein. Ich brauche nur noch die Sauermehlsuppe.«

Matuszek kaufte Zigaretten, Orangenaroma zum Backen, einen halben Liter Wodka und Brot. Die Verkäuferin addierte gekonnt die Zahlenkolonne und wickelte die Wodkaflasche in das Papier.

»Und Sauermehlsuppe«, sagte er dann. »Eine Flasche Sauermehlsuppe.«

Im Laden wurde es totenstill. Feierlich gab ihm die Verkäuferin die Flasche. Matuszek bezahlte rasch.

»Hören Sie …«, fing der völlig verblüffte Mann in der Daunenjacke an, aber Matuszek hatte schon seine Einkäufe eingesteckt und ging hinaus.

Vor dem Laden sah er Halina und ihre Tochter, die nicht ganz richtig im Kopf war, und gab ihr die Flasche.

»Hier. Wir essen keine Sauermehlsuppe, bei uns gibt's immer Borschtsch«, sagte er und erinnerte sie noch daran, am Abend vorbeizukommen, um die schon lange versprochene Decke zu holen.

Iwonka schämte sich hineinzugehen. Sie stand am Zaun und klapperte mit den Zähnen, entweder vor Kälte oder vor Angst.

»Wovor hast du Angst, Dummkopf? Die fressen dich schon nicht auf. Damals hättest du Angst haben müssen, nicht jetzt«, sagte die Mutter zu ihr.

»Da sind aber Kerle drinnen. Geh du, ich warte hier mit dem Kleinen.«

»Na, gut, dass sie da sind, vielleicht kriegen wir dann etwas geklärt. Vor Zeugen. Na komm schon!«

Das Mädchen setzte sich unwillig in Bewegung.

In der Küche saßen vier Männer am Tisch. Matuzsek schenkte gerade die letzte Runde aus. Die große, behäbige Frau Matuszek war gerade dabei, Milch durchzuseihen. Auf der Anrichte kühlte ein Streuselkuchen ab. Es war warm und gemütlich.

»Die Mädchen sind hier, um das Federbett zu holen«, stellte Matuszek fest.

Er schob ihnen einen freien Stuhl hin. Halina setzte sich auf die Stuhlkante, und Iwonka blieb mit dem Kind an der Tür stehen.

»Na, dann Prost!«, sagte Antek Gawlik und kippte sein Glas. Die anderen taten schweigend das Gleiche. Sie räusperten sich und tranken einen Schluck Orangeade.

Frau Matuszek ging ins Nebenzimmer und kam gleich darauf mit einem Bündel zurück, das in Plastikfolie verpackt und mit Schnur umwickelt war. Sie beugte sich über das Kind und gab ein paar gurrende Laute von sich.

»Wie heißt es denn?«

»Noch gar nicht«, antwortete Halina rasch.

Iwonka trat nervös von einem Fuß auf den anderen.

»Wann ist die Taufe?«

Halina zuckte mit den Achseln.

»Das ist eine anständige Decke«, sagte Frau Matuszek. »Den ganzen Sommer auf dem Dachboden gelüftet. Hast du einen Bezug?«

»Der da ist der Vater«, stieß Iwonka, die immer noch an der Türe stand, plötzlich finster hervor und zeigte mit dem Kopf auf Antek Gawlik.

Eine peinliche Stille trat ein.

»Sag schon, Iwonka«, ermunterte die Mutter sie.

»Du bist der Vater.« Jetzt sah sie ihm direkt ins Gesicht.

Frau Matuszek schob dem Säugling das Mützchen aus dem Gesicht und betrachtete ihn prüfend.

»Ich hab schon vier«, meldete sich Gawlik schließlich zu Wort. »Lass mich in Ruhe, Mädchen, du weißt doch selbst nicht, mit wem du geschlafen hast.«

»Nu aber!«, sagte Halina drohend.

»Ich hab mit ihr geschlafen«, rief Rysiek Kus aus. Seine Zunge war schwer, und seine Augen glänzten betrunken. Der Kerl vertrug nicht viel. »Ja, ich hab mit ihr geschlafen«, sagte er noch einmal lallend. »Aber ge-schla-fen. Ich war so betrunken, dass ich direkt eingeschlafen bin, also ich war es nicht.«

»Sie ist schon bei Wladek gewesen und hat versucht, es ihm anzudrehen. Wer weiß, von wem das Kind ist …«

»Kind ist Kind«, sagte Frau Matuszek.

»Sie hat sich mit dem Soldaten von der Wache abgegeben. Jeder hat's gesehen«, versetzte Gawlik. »Das ist, als wollte man eine Stecknadel im Heuhaufen suchen.« Er stand auf, nahm seine Mütze vom Haken und ging auf die Tür zu.

»Mein Gott«, jammerte Frau Matuszek, »warum hast du nicht auf sie aufgepasst? Das ist deine Schuld, Halina, deine eigene Schuld.«

»Wie stellen Sie sich das denn vor? Sollte ich sie mir ans Bein binden? Ich wüsste gern, wie Sie das geschafft hätten. Das ist doch ein Kind mit dem Körper einer erwachsenen Frau.«

»Jerzyk?«, wandte sich Frau Matuszek plötzlich misstrauisch an ihren Neffen, den jüngsten Mann in der Runde.

Gawlik blieb an der Tür stehen.

Jerzyk lief so rot an, dass seine durchdringend blauen Augen aussahen, als leuchteten sie.

»Ich war's nicht, Tante. Ich hab aufgepasst.«

Rysiek Kus stieß ein krächzendes Lachen aus.

»Ohne Wodka kriegen wir das nicht raus. Los, Frau Matuszek, da muss noch was auf den Tisch.«

Frau Matuszek stand ratlos in der Küche und blickte abwechselnd Jerzyk, Antek Gawlik und ihren Mann an. Sie sah jetzt noch behäbiger aus und wirkte schwer wie ein Möbelstück.

Alle warteten darauf, dass sie etwas sagte, während sie leicht den Mund bewegte, als forme sie mit ihren Lippen ein bestimmtes Wort, das alles, vom Anfang bis zum Ende, beim Namen nennen sollte. Offensichtlich gelang es ihr aber nicht, denn sie trat an den Tisch, schlug mit der flachen Hand auf die Wachstuchdecke und sagte: »Schluss mit der Sauferei. Morgen ist Heiligabend, ihr habt zu Hause viel zu tun.«

Sie nahm das Bündel und drückte es Halina in den Arm. Halina umarmte es wie ein monströses Steckkissen, drückte das Gesicht an die Plastikfolie und brach in Tränen aus. Frau Matuszek begann fieberhaft den Tisch abzuräumen. Die Gäste standen schweigend auf und gingen zur Tür.

Da meldete sich ihr Mann zu Wort. »Moment, Moment«, sagte er. »Einen Augenblick.« Er verstummte, als überlegte er noch und wäre noch nicht ganz entschieden, dabei trommelte er mit den Fingern auf die Tischplatte.

»Ich bin der Vater des Kleinen.«

Es wurde ganz still. Er blieb sitzen. Seine Frau stand mitten in der Küche, alle anderen drängten sich vor der Tür in einer Pfütze aus geschmolzenem Schnee.

Dann schrie Frau Matuszek los.

»Hast du den Verstand verloren? Du kannst doch gar keine Kinder haben. Wir haben doch seit zwanzig Jahren keine Kinder, und jeder weiß, dass du keine Kinder haben kannst, weil du einen Unfall gehabt hast.«

»Sei still, Frau. Halt den Mund. Das ist mein Kind.«

Rysiek Kus schwankte zu einem Stuhl und ließ sich darauf fallen.

»Na gut. Wenn das so ist, musst du noch eine Runde geben …«

Iwonka trat von einem Fuß auf den anderen und wiegte teilnahmslos das Kind.

»Aber …«, fing Frau Matuszek wieder an, ihre drallen Finger tasteten nach dem Schürzenzipfel und drückten ihn an die Augen. Dann stürzte sie hinaus und ließ die Tür krachend hinter sich ins Schloss fallen.

Matuszek griff in die Anrichte und holte eine Flasche heraus. Er nahm die Gläser aus der Spüle und schenkte sechs Portionen Wodka aus.

»Sie nicht«, sagte Halina und zeigte auf Iwonka. »Sie ist noch nicht achtzehn. Und sie stillt.«

Sie tranken in feierlichem Schweigen.

»Und wann ist die Taufe?«, fragte Matuszek.

»Der Pfarrer hat gesagt, die Taufe kann zu Neujahr sein.«

»Na, dann soll sie eben zu Neujahr sein«, lallte der bereits völlig betrunkene Rysiek Kus und setzte vor allen noch einmal sein Glas an den Mund.

Dann schickte Matuszek sie alle nach Hause. Morgen sei Heiligabend, sagte er, und sie hätten alle viel zu tun. An der Tür wischte sich Halina mit dem Ärmel die Tränen ab und warf Matuszek lächelnd einen Blick zu.

»Danke für die Sauermehlsuppe«, sagte sie.

Sie gingen querfeldein durch den reinen, unberührten Schnee nach Hause. Iwonka trat in die Fußstapfen der Mutter.

Amos

Krystyna von der Genossenschaftsbank in Nowa Ruda hatte einen Traum. Das war im Frühjahr neunundsechzig.

In ihrem Traum hörte sie Stimmen in ihrem linken Ohr. Erst war es eine Frauenstimme, die redete und redete, aber Krystyna verstand kein Wort. In ihrem Traum dachte sie zuerst besorgt: »Wie soll ich denn arbeiten, wenn mir einer dauernd im Ohr brummt?« Dann meinte sie, man könnte die Stimme abschalten, so wie man das Radio abschaltet oder den Telefonhörer auflegt. Aber das konnte man nicht. Die Quelle dieses Klanges steckte tief im Ohr drin, irgendwo in diesen gewundenen Gängen voller Trömmelchen und Spiralen, in den Labyrinthen feuchter Häutchen, den dunklen Höhlen des Inneren. Die Stimme ließ sich weder dadurch abstellen, dass man mit dem Finger in den Ohren bohrte, noch damit, dass man sich die Ohren mit den Händen zuhielt. Krystyna hatte das Gefühl, dass die ganze Welt diesen Lärm hörte. Vielleicht war es wirklich so – die ganze Welt vibrierte vom Geräusch dieser Stimme. Immer kehrten bestimmte Sätze wieder, Phrasen, die grammatisch einwandfrei richtig waren und sich schön anhörten, aber überhaupt keinen Sinn ergaben und nur so taten, als bedienten sie sich einer menschlichen Sprache. Krystyna hatte Angst vor diesen Sätzen. Aber dann meldete sich eine andere Stimme in Krystynas Ohr zu Wort, eine männliche Stimme, die klar und angenehm war. Es machte Spaß, sich mit dieser Stimme zu unterhalten. »Ich heiße Amos«, sagte sie. Amos erkundigte sich nach ihrer Arbeit, nach dem Befinden der Eltern, aber im Grunde – so kam es ihr jedenfalls vor – hatte er das gar nicht nötig, denn er wusste schon alles von ihr. »Wo bist du?«, fragte sie ihn zaghaft. »Mariand«, antwortete er, und sie wusste, dass es eine Gegend in Zentralpolen gab, die so hieß. »Warum höre ich dich in meinem Ohr?«, wollte sie noch wissen. »Weil du eine außergewöhnliche Frau bist, und ich habe mich in dich verliebt. Ich liebe dich.« Das wiederholte sich drei, vier Male. Immer der gleiche Traum.

Am Morgen trank sie inmitten ihrer Bankpapiere Kaffee. Draußen fiel nasser Schnee und schmolz sofort. Die Feuchtigkeit drang sogar bis in die geheizten Büros der Bank, legte sich über die Mäntel auf den Kleiderbügeln, die Damenhandtaschen aus Kunstleder, die Russenstiefelchen und die Kunden. Und an diesem ungewöhnlichen Tag begriff Krystyna Poploch, Leiterin der Kreditabteilung, dass sie zum ersten Mal im Leben total, allumfassend und bedingungslos geliebt wurde. Die Entdeckung traf sie wie ein Schlag ins Gesicht. Ihr wurde schwindlig.

Der Kundenraum der Bank verschwamm vor ihren Augen, und eine Zeit lang herrschte Stille in ihren Ohren. In dieser Liebe, die sie so unversehens heimgesucht hatte, fühlte sich Krystyna wie ein bislang unbenutzter Teekessel, der zum ersten Mal mit kristallklarem Wasser gefüllt wird. Ihren Kaffee hatte sie ganz vergessen, er wurde kalt.

Dann tat sie Folgendes: Sie verließ die Arbeit an diesem Tag früher und ging zur Post. Sie nahm die Telefonbücher der größeren Städte in Mittelpolen: Lodz, Sieradz, Konin, Kielce, Radom, natürlich auch Tschenstochau, denn schließlich ging es ja um einen Ort mit Maria im Namen. Sie schlug die Telefonbücher beim Buchstaben A auf und fuhr mit ihrem lackierten Fingernagel die Spalten mit den Namen entlang. Weder in Lodz noch in Sieradz, Konin und dergleichen gab es einen Amos oder Amoz. Unter den spärlichen Fernsprechteilnehmern in den Dörfern war auch niemand dieses Namens. Was sie nun empfand, ließe sich am ehesten mit Entrüstung beschreiben. Sie wusste ja, dass er dort irgendwo sein musste. Eine Zeit lang saß sie einfach da, und in ihrem Kopf war nichts als Leere. Dann machte sie einen neuen Versuch. Jetzt nahm sie sich auch Radom, Tarnów, Lublin und Woclawek vor. Sie fand eine Lidia Amoszewicz und eine Familie Amisinski. Verzweifelt bemühte sie all ihre geistigen Kräfte, um Kombinationen zu ersinnen: Amos, Soma, Maso, Samo, Omas – bis ihre Hände mit den lackierten

Fingernägeln den Code aus ihrem Traum knackten: A. Mos, Sienkiewiczstr 54, Tschenstochau.

Krystyna wohnte auf dem Dorf, und in die Stadt fuhr sie mit dem schmutzigen hellblauen Autobus, der wie ein staubbedeckter Mistkäfer die gewundenen Straßen und Haarnadelkurven hinaufkroch. Im Winter, wenn es schon früh dunkel wurde, streiften seine Leuchtaugen über die felsigen Abhänge der Berge. Er war ein unschätzbarer Segen, denn dank seiner konnten die Menschen die Welt jenseits der Berge kennenlernen.

Täglich brachte der Autobus sie zur Arbeit. Zwischen dem Augenblick, in dem er sie an ihrer Haltestelle abholte, und dem Moment, in dem er sie vor den schweren Türen der Bank absetzte, vergingen zwanzig Minuten. Im Verlauf dieser zwanzig Minuten vollzog sich mit der Welt eine kaum glaubliche Veränderung. Der Wald wurde zu Häusern, die Lichtungen zu Plätzen, die Wiesen zu Straßen und der Bach zu einem Fluss, der jeden Tag von einer anderen Farbe war, denn er hatte das Unglück, an den Textilbetrieben in Blachobyt vorbeizufließen.

Noch im Autobus tauschte Krystyna ihre Gummistiefel (die sie »Wellingtons« nannte) gegen Damenschuhe ein. Die Absätze klapperten auf den breiten, einst von Deutschen erbauten Treppenstufen des Gebäudes.

Sie war die eleganteste Angestellte der Bank. Ihre Frisur war modisch, das sorgfältig aufgetragene

Blond hielt sich, denn sie färbte die nachwachsenden Haarwurzeln immer nach. Im Spiel der Lichtreflexe der Neonröhren schimmerte ihre Frisur wie glänzendes Puppenhaar. Ihre von Tusche schweren Wimpern warfen zarte Schatten auf ihre glatten Wangen. Das perlmuttfarbene Make-up unterstrich auf dezente Weise den Schwung ihrer Lippen. Je älter sie wurde, desto stärker schminkte sie sich. Manchmal sagte sie sich zwar: »Hör auf, jetzt reicht es«, aber dann hatte sie wieder das Gefühl, die vergehenden Jahre nähmen ihrem Gesicht jeden Ausdruck und verwischten ihre Züge. Sie meinte sogar zu bemerken, dass ihre Brauen schütterer wurden und ihre hellblaue Iris verblasste, dass die Konturen ihrer Lippen immer undeutlicher wurden und das ganze Gesicht immer mehr verschwamm, als wollte es verschwinden. Davor fürchtete sich Krystyna am meisten. Dass es verschwinden würde, bevor sie zur Blüte gelangte und wirklich sie selbst wurde.

Sie war dreißig Jahre alt und lebte bei ihren Eltern in einem Dorf bei Nowa Ruda. Ihr Haus stand erwartungsvoll an der serpentinenartig gewundenen und von Schlaglöchern durchsetzten Regionallandstraße, als hoffte es darauf, schon allein diese Lage würde ihm zu einer Rolle in der Geschichte, im Durchmarsch von Armeen, den Abenteuern von Schatzsuchern und der wilden Jagd der Grenzschützer auf tschechische Spiritusschmuggler verhelfen. Doch weder die Regionallandstraße noch das

Haus hatten Glück. Nichts geschah. Nur der Wald, der hinter dem Haus aufstieg, wurde schütterer wie Krystynas Brauen. Ihr Vater schlug regelmäßig junge Birken für Joch und Deichsel und Fichten als Weihnachtsbäume, die Pfade wurden im hohen Gras unkenntlich wie die Konturen ihrer Lippen, und die hellblau getünchten Wände ihres Hauses verblassten. Wie Krystynas Augen.

Zu Hause war Krystyna sehr wichtig, denn sie verdiente ja Geld und machte Einkäufe, die sie in Einkaufstaschen, die ihre Mutter genäht hatte, nach Hause trug. Sie hatte ihr Zimmer im Dachgeschoss mit einer Couch und einem Kleiderschrank, aber erst in der Bank wurde sie jemand. Hier war ihr Büro, von der Schalterhalle durch eine Trennwand aus Gips geschieden, die so dünn war wie Pappe. Wenn sie an ihrem Schreibtisch saß, hörte sie den Lärm der Bank – Türenquietschen, das Schlurren schwerer Bauernstiefel auf dem Holzboden, das Summen gedämpfter, ewig tratschender Frauenstimmen und das Klacken der beiden letzten Rechenmaschinen, die die Direktion noch nicht gegen die modernen ratternden Maschinen mit Kurbel ausgewechselt hatte.

Gegen zehn begann das tägliche Ritual des Kaffeetrinkens. Die Aluminiumlöffel schepperten, und die Böden der Gläser, diese kleinen Büroglöckchen, klirrten leise an die Untersetzer. Der kostbare gemahlene Kaffee, der in Marmeladegläsern von zu Hause mitgebracht wurde, verteilte sich gerecht auf die Gläser, das siedende Wasser ließ auf der Oberfläche ein dicken braunen Pelz entstehen, der den Strom des hereinrieselnden Zuckers kurz hemmte. Kaffeeduft erfüllte die Genossenschaftsbank in Nowa Ruda bis zur Decke, und die Bauern, die gerade zu diesem Zeitpunkt bei den Schaltern anstanden, fluchten sich in den Bart, dass sie ausgerechnet den heiligen Moment der Kaffeepause erwischt hatten.

Da fiel Krystyna ihr Traum wieder ein.

Wie schmerzlich war es, für nichts geliebt zu werden als dafür, dass man existierte. Was für eine Unruhe brachte eine solche Liebe mit sich. Wie sich die Gedanken vor Ungläubigkeit verwirrten, wie das Herz vom beschleunigten Klopfen anschwoll. Wie die Welt in die Ferne rückte und ihre Greifbarkeit verlor. Krystyna wurde plötzlich einsam.

Nach den Osterfeiertagen traf in der Bank die Ankündigung einer Weiterbildungskonferenz für Bankangestellte ein, die in Tschenstochau stattfinden sollte. Krystina sah darin ein klares Zeichen und beschloss, an der Konferenz teilzunehmen. Während sie ihre Kunstledertasche packte, dachte sie über Gott nach. Darüber, dass er sich, trotz allem, was die Leute über ihn sagten, immer im richtigen Moment offenbarte.

Verschlafene Züge voll mit zerknitterten Leuten brachten sie vom einen Ort zum anderen. In den Abteilen waren keine Plätze frei, deshalb stand sie auf dem Gang, drückte sich an die schmutzige Fensterscheibe und döste im Stehen vor sich hin. In der Nacht stieg dann jemand aus, und sie konnte sich endlich setzen. Sie zwängte sich zwischen die von der trockenen Luft erwärmten Körper und schlief einen festen, schwarzen, zähen Schlaf, ohne ein einziges Bild, ohne die Spur eines Gedankens. Und erst als sie aufwachte, begriff sie, dass sie sich auf eine Reise begeben hatte; vorher war es nur eine Fortbewegung im Raum gewesen, eine gewöhnliche, nicht weiter bemerkenswerte Ortsveränderung. Erst der Schlaf schließt das Alte ab und öffnet das Neue, der eine Mensch stirbt, der andere erwacht zum Leben. Dieser schwarze Raum ohne Eigenschaften zwischen den Tagen ist die wahre Reise. Zum Glück verkehren alle Züge aus Nowa Ruda in die weite Welt bei Nacht. Nach dieser Reise würde nichts wieder so sein wie vorher, dachte sie.

Am Morgen kam sie in Tschenstochau an. Es war noch zu früh, um irgendwohin zu gehen, deshalb bestellte sie im Bahnhofslokal einen Tee und wärmte sich die Hände an dem Glas. An den Nachbartischen saßen alte Frauen in karierten Kopftüchern, tabakverräucherte Männer, vom Leben gebügelte Gatten und Väter mit Gesichtern wie abgewetzte Portemonnaies, Kinder, die vom Schlaf gerötet waren und denen ein dünner Speichelfaden aus dem Mund rann.

Das Warten auf die Morgendämmerung dauerte zwei Zitronentees und einen Kaffee lang. Sie fand die Sienkiewiczstraße und ging sie hinauf, mitten auf der Straße ging sie, denn die Autos waren noch nicht aufgewacht. Sie schaute die Fenster an und sah dichte Kräuselgardinen und Gummibäume, die sich an die Scheiben pressten. Hinter manchen Fenstern brannte noch Licht, aber es war blass und nichtssagend. In diesem Licht zogen sich Leute hastig an und aßen, Frauen trockneten Strümpfe über der Gasflamme oder packten Schulbrote ein, die gemachten Betten bewahrten die Körperwärme bis zur nächsten Nacht, es roch nach angebrannter Milch, die Schuhbänder kehrten in die sicheren Ösen ihrer Schuhe zurück, das Radio brachte Nachrichten, die niemand anhörte. Dann traf sie auf die erste Schlange von Leuten, die um Brot anstanden. Alle Leute in der Schlange schwiegen.

Das Haus an der Sienkiewiczstraße 54 war ein großes graues Mietshaus mit einem Fischgeschäft im Erdgeschoss und einem Innenhof wie ein Abgrund. Krystyna blieb vor dem Haus stehen und sah sich nach und nach die Fenster an. Mein Gott, sie waren so gewöhnlich.

So stand sie eine halbe Stunde lang, und schließlich spürte sie die Kälte nicht mehr.

Die Weiterbildung war unendlich langweilig. In das Heft, das sie sich eigens gekauft hatte, um Notizen zu machen, malte Krystyna mit dem Kugelschreiber Schnörkel. Das grüne Tuch auf dem Tisch der Vorsitzenden tröstete sie etwas. Sie strich mit einer spontanen Bewegung darüber. Die Angestellten der Genossenschaftsbanken kamen ihr alle gleich vor. Die Frauen hatten wasserstoffblond gefärbte Haare und Pagenfrisuren, die Lippen hatten sie tiefrot geschminkt. Die Männer trugen dunkelblaue Anzüge und Aktentaschen aus Schweinsleder. Als hätten sie sich verabredet. In den Zigarettenpausen machten sie Witze.

Zum Abendessen gab es Brot mit Hartkäse und Tee in bemalten Steingutbechern.

Und nach dem Abendessen gingen sie alle in den Klubraum, auf den Tischen erschienen Wodkaflaschen und Essiggurken. Jemand zog einen Satz kleiner Blechbecher aus der Aktentasche. Eine Männerhand irrte über die nylonbestrumpften Knie einer Frau.

Krystyna ging spät ins Bett, sie war leicht beschwipst. Ihre beiden Zimmergenossinnen kamen am Morgen und ermahnten sich gegenseitig flüsternd, leise zu sein. So ging es drei Tage lang.

Am vierten Tag stand sie vor der braun gestrichenen Tür mit dem Porzellanschild *A. Mos*. Sie klopfte.

Ein großer schlanker Mann im Schlafanzug und mit einer Zigarette im Mund öffnete die Tür. Er hatte dunkle, blutunterlaufene Augen, als hätte er schon lange nicht mehr geschlafen. Er blinzelte, als sie fragte:

»A. Mos?«

»Ja«, sagte er. »A. Mos.«

Sie lächelte, denn sie meinte, die Stimme zu erkennen.

»Ich bin Krystyna.«

Er trat überrascht zurück und ließ sie in den Flur eintreten. Die Wohnung war klein und eng. Sie lag im silbrigen Licht einer Neonröhre und sah dadurch verwahrlost aus wie ein Bahnhof. Überall standen und lagen Kartons mit Büchern, Stapel von Zeitungen und halb gepackte Koffer. Dampfschwaden drangen aus der angelehnten Badezimmertür.

»Ich bin's«, wiederholte sie. »Ich bin gekommen.«

Der Mann drehte sich plötzlich auf dem Absatz um und lachte.

»Wer sind Sie denn überhaupt? Kenne ich Sie?« Dann schlug er sich mit der flachen Hand vor die Stirn. »Aber natürlich, Sie sind …« Er schnipste mit den Fingern in die Luft.

Krystyna begriff, dass er sie nicht erkannte, aber das war nicht weiter verwunderlich. Er kannte sie ja anders, durch den Traum, von innen, und nicht normal, wie sich Leute sonst kennen.

»Ich erkläre Ihnen alles. Darf ich ins Zimmer kommen?«

Der Mann zögerte. Die Asche seiner Zigarette fiel auf den Boden. Schließlich lud er sie mit einer Handbewegung ein, hereinzukommen.

Sie streifte die Schuhe ab und trat ein.

»Wie Sie sehen, bin ich dabei zu packen«, sagte

der Mann erklärend mit einem Blick auf das Durcheinander. Er trug das zerwühlte Bettzeug von seiner Couch in ein anderes Zimmer. Dann kam er zurück und setzte sich ihr gegenüber auf einen Stuhl. Der verwaschene Schlafanzug war nicht ganz zugeknöpft, und sie sah ein Stück von seiner Brust. Er war mager und eckig.

»Herr A. Mos, träumen Sie gelegentlich nachts?«, fragte sie zaghaft und wusste sofort, dass sie einen Fehler gemacht hatte. Der Mann brach in Gelächter aus, klatschte sich mit den Händen auf die gestreiften Schenkel und sah sie ironisch an, jedenfalls kam ihr das so vor.

»Das ist ja … Da kommen Sie zu einem fremden Mann und fragen ihn, ob er manchmal träumt. Das ist wie ein Traum, ein Traum …«

»Ich kenne Sie.«

»Ach ja? Und wie kommt es, dass Sie mich kennen und ich Sie nicht? Vielleicht von der Party bei Jasio? Bei Jasio Latka?«

Sie schüttelte verneinend den Kopf.

»Nein? Woher denn dann?«

»Herr A. Mos …«

»Ich heiße Andrzej mit Vornamen. Andrzej Mos.«

»Krystyna Poploch«, sagte sie.

Sie standen beide auf, reichten sich die Hände und setzten sich verlegen wieder hin.

»Nun also …«, meldete er sich nach einer Weile zu Wort.

»Ich heiße Krystyna Poploch …«

»Das weiß ich schon.«

»… ich bin dreißig Jahre alt, arbeite in einer Bank und bekleide einen verantwortungsvollen Posten. Ich lebe in Nowa Ruda. Wissen Sie, wo das liegt?«

»Irgendwo in der Nähe von Katowice.«

»Keineswegs. Es liegt im Bezirk Wroclaw.«

»Aha«, sagte er abwesend. »Wollen Sie vielleicht ein Bier?«

»Nein danke.«

»Dann trinke ich alleine.«

Er stand auf und ging in die Küche. Krystyna bemerkte auf einem Regal in der Schrankwand eine Schreibmaschine mit einem eingespannten Blatt Papier. Plötzlich war sie sicher, dass auf diesem Blatt stand, was sie jetzt tun und sagen sollte, sie stand auf, aber da kam Andrzej Mos mit einer Bierflasche in der Hand zurück.

»Ehrlich gesagt, war ich überzeugt, dass Sie aus Tschenstochau sind. Eine Zeit lang hatte ich sogar das Gefühl, dass ich Sie kenne.«

»Ja?«, freute Krystyna sich.

»Ich hab sogar gedacht, dass …« Seine Augen blitzten auf. Er nahm einen großen Schluck aus der Bierflasche.

»Dass was …?«

»Na ja, Sie wissen doch, wie das ist. Man kann sich nicht an alles erinnern. Nicht immer. Vielleicht hatten wir mal was miteinander? Auf der Party bei …«

»Nein«, sagte Krystyna schnell und spürte, wie sie rot wurde. »Ich habe Sie noch nie gesehen.«

»Aber Sie haben doch gesagt, dass Sie mich kennen?«

»Jawohl, aber nur Ihre Stimme.«

»Meine Stimme? Mein Gott, was reden Sie denn da? Ich glaub, ich träume. Da kommt diese Puppe zu mir, behauptet, dass sie mich kennt, aber sieht mich zum ersten Mal im Leben. Kennt bloß meine Stimme …«

Plötzlich erstarrte er mit der Bierflasche am Mund und sah Krystyna mit einem bohrenden Blick an.

»Ha, jetzt weiß ich Bescheid! Du bist vom Staatssicherheitsdienst! Du kennst meine Stimme, weil du meine Telefongespräche abhörst, was?«

»Nein, ich arbeite in einer Bank …«

»Klar, natürlich. Aber ich hab jetzt meinen Pass, und ich gehe weg. Ich gehe weg, hörst du? In die freie Welt. Ich packe, wie du siehst. Das ist das Ende, ihr könnt gar nichts mehr machen.«

»Bitte, Sie …«

»Was willst du von mir?«

»Ich habe von Ihnen geträumt. Ich habe Sie im Telefonbuch gefunden.«

Der Mann zündete sich eine Zigarette an und stand auf. Er begann in dem vollgestopften Zimmer zwischen Tür und Fenster auf und ab zu gehen. Krystyna zog ihren Personalausweis aus der Tasche und legte ihn offen auf den Tisch.

»Sehen Sie, ich bin bei keinem Staatssicherheits-dienst.«

Er beugte sich über den Tisch und musterte das Dokument.

»Das beweist gar nichts«, sagte er. »Im Ausweis steht ja nicht, ob einer beim Staatssicherheitsdienst ist.«

»Was soll ich tun, damit Sie mir glauben?«

Er blieb vor ihr stehen und zog an seiner Zigarette.

»Wissen Sie was? Es wird spät. Ich habe vor aus-zugehen. Ich bin verabredet. Außerdem bin ich beim Packen. Ich habe ein paar wichtige Dinge zu erledigen.«

Krystyna nahm ihren Ausweis vom Tisch und steckte ihn in ihre Tasche. Die Kehle war ihr so zu-geschnürt, dass es wehtat.

»Dann gehe ich besser.«

Er hielt sie nicht zurück. Bis zur Tür begleitete er sie.

»Sie haben also von mir geträumt?«

»Ja«, sagte sie und schlüpfte in ihre Schuhe.

»Und dann haben Sie mich im Telefonbuch gefun-den?«

Sie nickte.

»Auf Wiedersehen. Ich bitte um Entschuldigung.«

»Auf Wiedersehen.«

Sie lief die Treppe hinunter und auf die Straße hinaus. Sie schlug den Weg zum Bahnhof ein und be-gann zu weinen. Die Wimperntusche verschmierte und brannte in den Augen, und die ganze Welt verschwamm zu hellen, bunten Flecken. Am Schalter erfuhr sie, dass der letzte Zug nach Wroclaw schon abgefahren war. Der nächste fuhr am Morgen, deshalb ging sie in die Bahnhofswirtschaft und bestellte einen Tee. Sie dachte an gar nichts, starrte nur auf die Zitronenscheibe, die gleichgültig im Tee trieb. Von den Bahnsteigen drang die neblige, feuchte Nacht ins Innere des Bahnhofs. Das war noch kein Beweis dafür, dass man an Träume nicht glauben sollte, dachte Krystyna schließlich. Sie haben immer eine Bedeutung, sie irren sich nie, nur die Wirklichkeit wird nicht der Ordnung der Träume gerecht. Telefonbücher lügen, Züge fahren in die falsche Richtung, Straßen sehen einander zu ähnlich, die Buchstaben in den Namen der Städte geraten durcheinander, die Menschen vergessen ihre eigenen Vornamen. Nur der Traum ist wahr. Sie meinte, in ihrem linken Ohr diese warme, liebevolle Stimme wieder zu hören.

»Ich habe bei der Information angerufen. Der letzte Zug in dieses Nowa Ruda war schon weg«, sagte Andrzej Mos und setzte sich zu ihr an den Tisch. Mit dem Finger zeichnete er ein Kreuz auf das feuchte Wachstuch. »Sie sind ganz verschmiert.«

Sie zog ein Taschentuch aus der Tasche, befeuchtete einen Zipfel mit Spucke und rieb sich damit über die Lider.

»Sie haben also von mir geträumt? Das ist eine unbegreifliche Auszeichnung – im Traum eines Menschen vorzukommen, den man gar nicht kennt, der am anderen Ende des Landes wohnt … Und was passierte in dem Traum?«

»Nichts. Sie haben nur zu mir gesprochen.«

»Was habe ich gesagt?«

»Dass ich eine außergewöhnliche Frau bin und dass Sie mich lieben.«

Er schnipste mit den Fingern und sah zur Decke.

»Das ist vielleicht eine originelle Art, einen Typen anzumachen. Alle Achtung.«

Sie sagte nichts darauf, trank nur in kleinen Schlucken ihren Tee.

»Ich wünschte, ich wäre schon zu Hause«, sagte sie schließlich.

»Komm, wir gehn zu mir. Ich habe zwei Zimmer.«

»Nein. Ich warte hier.«

»Wie Sie wollen.«

Er ging zur Theke und kam mit einem Krug Bier zurück.

»Ich glaube, Sie sind nicht A. Mos. Das heißt, Sie sind nicht derjenige, von dem ich geträumt habe. Ich muss mich irgendwie geirrt haben. Vielleicht war es eine andere Stadt, nicht Tschenstochau.«

»Vielleicht.«

»Ich muss weitersuchen.«

Der Mann stellte den Krug so heftig auf den Tisch, dass ein wenig Bier überschwappte.

»Schade, dass ich nicht erfahren werde, wie die Geschichte ausgeht.«

»Ihre Stimme klingt übrigens ganz ähnlich wie die im Traum.«

»Kommen Sie, gehen wir zu mir. Sie können auf dem Bett schlafen anstatt an einem Kneipentisch.«

Er sah, dass sie hin- und hergerissen war. Ohne diese entsetzliche Wimperntusche wirkte sie jünger. Die Spuren der Erschöpfung verdrängten den Eindruck des Provinzdämchens.

»Gehen wir«, sagte er noch einmal, und sie stand wortlos auf.

Er nahm ihr Gepäck, und sie gingen zurück, die inzwischen ausgestorbene Sienkiewiczstraße hinauf.

»Und was kam sonst noch in dem Traum vor?«, fragte er, als er ihr das Bett auf der Couch im Wohnzimmer machte.

»Davon möchte ich lieber nicht reden. Es ist nicht wichtig.«

»Trinken wir ein Bier? Oder einen Wodka – als Schlaftrunk? Darf ich noch eine rauchen?«

Sie nickte. Er verschwand in der Küche, und sie trat nach kurzem Zögern an die Schreibmaschine. Auf dem Blatt stand ein Gedicht, und als sie den Titel las, begann ihr Herz heftig zu schlagen. Der Titel lautete: *Nacht in Mariand*. Wie gelähmt blieb sie vor der Maschine stehen. Hinter ihr in der Küche klirrte der Amos aus ihrem Traum mit den Gläsern, ein lebendiger, warmer, magerer Mann mit geröteten Augen, jemand, der alles weiß und alles versteht, der in die Träume der Menschen geht, dort Liebe und

93

Unruhe sät, jemand, der die Welt handhabt, als wäre sie ein Vorhang, hinter dem sich eine andere Wahrheit verbirgt, eine ungreifbare Wahrheit, die sich nicht auf Dinge, Ereignisse oder irgendetwas Beständiges stützt.

Sie strich mit einem zitternden Finger über die Tastatur.

»Ich schreibe Gedichte«, sagte er hinter ihrem Rücken. »Ich habe sogar einen kleinen Band herausgebracht.«

Sie war nicht imstande, sich abzuwenden.

»Aber nehmen Sie doch Platz. Jetzt ist das nicht mehr wichtig. Ich fahre in die freie Welt. Ich werde Ihnen schreiben, wenn Sie mir Ihre Adresse geben.«

Sie hörte seine Stimme direkt hinter ihrem Rücken, auf der linken Seite.

»Gefällt es Ihnen? Lesen Sie Gedichte? Das ist nur ein Entwurf, ich habe es noch nicht fertig. Gefällt es Ihnen?«

Sie senkte den Kopf. In ihren Ohren rauschte es. Er berührte sie leicht an der Schulter.

»Ist etwas passiert?«, fragte er.

Sie drehte sich zu ihm um und sah in seine Augen, die sie neugierig betrachteten. Sie spürte seinen Geruch nach Zigaretten, Staub, Papier. Sie schmiegte sich an seinen Geruch, und so standen sie ein paar Minuten regungslos. Er hob die Hände, sie verharrten einen Augenblick zögernd in der Luft, dann begannen sie, ihre Schultern zu streicheln.

»Du bist es doch, ich habe dich gefunden.«

Er strich mit dem Finger über ihre Wange und küsste sie.

»Meinetwegen.«

Er schob die Hände in ihre wasserstoffblonden Haare und saugte sich an ihrem Mund fest. Dann zog er sie auf die Couch und begann, sie auszuziehen. Das gefiel ihr nicht, weil es zu grob war, sie spürte kein Vergnügen dabei, aber es sollte wie ein Opfer sein. Sie musste alles zulassen, deshalb streifte sie Jackenkleid und Bluse ab, den Strumpfhalter und den Büstenhalter. Sein magerer Brustkorb schob sich über ihre Augen, trocken und eckig wie ein Stein.

»Wie hast du mich denn in dem Traum gehört?«, fragte er keuchend.

»Du hast mir ins Ohr geraunt.«

»In welches Ohr?«

»Ins linke.«

»Hier?«, fragte er und steckte seine Zungenspitze in ihre Ohrmuschel.

Sie kniff die Augen zu. Sie konnte sich nicht mehr befreien. Es war zu spät. Er drückte mit der ganzen Schwere seines Körpers auf sie, nahm sie, drang in sie ein, durchstieß sie. Aber irgendwoher wusste sie, dass es genauso sein musste, dass sie erst Amos das geben musste, was ihm zustand, um ihn dann mitnehmen zu können und vor dem Haus wie eine Pflanze oder einen großen Baum einpflanzen zu können. Deshalb gab sie sich diesem fremden Körper hin, umschlang ihn sogar unbeholfen mit den Armen und fügte sich in den Rhythmus dieses merkwürdigen Tanzes.

»Hol's der Teufel«, sagte der Mann hinterher und zündete sich eine Zigarette an.

Krystyna zog sich an und setzte sich neben ihn. Er schenkte Wodka in die beiden Gläser.

»Wie war's für dich?« Er sah sie kurz an und leerte sein Glas.

»Schön«, sagte sie.

»Gehen wir schlafen.«

»Jetzt?«

»Morgen Früh geht dein Zug.«

»Ich weiß.«

»Wir müssen den Wecker stellen.«

A. Mos schlurfte ins Bad. Krystyna saß reglos da und betrachtete Amos' Heiligtum. Die Wände waren orangefarben angestrichen, aber im kalten Licht der Neonlampen wirkten sie unangenehm bläulich. An der Wand waren Strohmatten befestigt, und an der Stelle, an der sich eine gelöst hatte, wurde ein grelleres Orange sichtbar. Sie hatte den Eindruck, dass es leuchtete, es tat ihr in den Augen weh. Vor dem Fenster hing eine Gardine, die vom Zigarettenrauch bräunlich verfärbt war, rechts davon stand die leergeräumte Schrankwand mit der Schreibmaschine, in der die Nacht in Mariand steckte.

»Warum hast du dich in mich verliebt?«, fragte sie ihn, als er zurückkam. »Wodurch unterscheide ich mich von anderen Leuten?«

»Dich hat wirklich einer gestoßen, so wahr ich hier stehe.« Jetzt hatte er wieder den gestreiften Schlafanzug an, der über seiner Brust offen stand.

»Gestoßen – was soll das heißen?«

»Du bist verrückt. Hast einen Sprung in der Schüssel.«

Er schenkte sich noch einen Wodka ein und kippte ihn in einem Zug.

»Du fährst durch halb Polen zu einem völlig fremden Mann«, sagte er. »Du erzählst ihm deinen Traum und gehst mit ihm ins Bett. Das reicht. Gestoßen.«

»Warum belügst du mich? Warum gibst du nicht zu, dass du Amos bist und alles über mich weißt?«

»Ich bin nicht Amos. Ich heiße Andrzej Mos.«

»Und Mariand?«

»Was für ein Mariand?«

»Nacht in Mariand. Was ist Mariand?«

Er lachte auf und setzte sich auf den Stuhl neben ihr.

»Das ist eine Kneipe am Markt. Die Saufbrüder aus der Gegend kommen dorthin und lassen sich volllaufen. Darüber habe ich ein Gedicht geschrieben. Ich weiß, dass es nicht gut ist. Hab schon bessere geschrieben.«

Sie sah ihn ungläubig an.

Die Rückreise war erfüllt vom Geräusch zuschlagender Türen. Die Türe des Nachtzugs knallte, die Türen der Abteile, der Bahnhofstoiletten und der Autobusse. Am Schluss schlug die Haustür dumpf hinter ihr zu. Krystyna ließ ihre Tasche einfach fallen und legte sich ins Bett. Sie schlief den ganzen Tag. Als ihre Mutter sie am Abend besorgt zum Essen rief, hatte Krystyna vergessen, dass sie überhaupt verreist gewesen war. Wie ein Radiergummi hatte der Schlaf die ganze Reise ausradiert.

Ein paar Nächte darauf hörte Krystyna in ihrem linken Ohr die vertraute Stimme: »Ich bin's, Amos, wo warst du?«

»Was soll das heißen, du musst doch wissen, wo ich war.«

»Nein«, antwortete die Stimme.

»Bist du denn nicht da, wo ich hingehe?«

Die Stimme schwieg. Krystyna meinte zu spüren, dass in diesem Schweigen Verlegenheit mitschwang. »Geh nie wieder so weit weg«, sagte die Stimme dann in ihrem Ohr.

»Was heißt denn ›weit weg‹ für dich?«, fragte sie wütend. Dieser Ton erschreckte die Stimme offensichtlich, denn sie sagte nichts mehr, und Krystyna musste aufwachen.

Nach dem Ausflug nach Tschenstochau war nichts mehr so wie früher. Die Straßen in Nowa Ruda trockneten und wurden von Sonne durchflutet. Die Mädchen stellten Vasen mit Forsythien auf ihre Schreibtische. Der Nagellack platzte ab, und am Ansatz der wasserstoffblonden Haare wuchs es dunkel nach, während die blonden Spitzen bald die Schultern erreichten. Mittags war das große Fenster im Schalterraum der Bank weit geöffnet, und die Straßengeräusche drangen herein. Kinderstimmen, die Lärmwolken der Autos, das plötzliche, hastige Klappern von hohen Absätzen, das Rauschen flatternder Taubenflügel. Man war vergnügter Laune, wenn der Arbeitstag zu Ende ging. Die engen Straßen lockten, man wollte schlendern, den Menschen ins Gesicht sehen, Eindrücke in den Innenhöfen sammeln. Die Cafés luden ein: verrauchte Räume voll neugieriger Blicke und träger Gespräche. Und die Unsterblichkeit des in Gläsern gebrauten Kaffees, der glockenartige Klang der Aluminiumlöffel.

Im Mai ging Krystyna zu einem Hellseher und befragte ihn über ihre Zukunft.

Der Hellseher erstellte ihr ein Horoskop, dann konzentrierte er sich lange darauf und schloss dabei die Augen.

»Was willst du wissen?«, fragte er sie.

»Was aus mir wird«, sagte sie, und er sah unter seinen Augenlidern offenbar weite Räume, denn seine Augäpfel bewegten sich nach rechts und links, als betrachteten sie innere Landschaften.

Krystyna zündete sich eine Zigarette an und wartete. Der Hellseher sah Täler, die in Schutt und Asche lagen, darin die Überreste von Städten und Dörfern; es war ein unbewegliches Bild, leblos und aschgrau, und es verblasste mit jedem Augenblick mehr. Der Himmel auf dem Bild hing tief, er war orangefarben und dünn wie ein Zeltdach. Nichts rührte sich, kein

Wind regte sich, keine Spur von Leben war zu sehen. Die Bäume erinnerten an steinerne Säulen, als hätten sie den gleichen Blick getan wie Lots Frau. Der Hellseher meinte zu hören, dass sie leise knisterten. Weder Krystyna war in dem Bild zu sehen noch er selbst oder sonst jemand. Er wusste nicht, was er sagen sollte. Er fühlte nur einen Krampf im Bauch vor Angst, dass er jetzt lügen und sich etwas ausdenken musste.

»Man stirbt nie endgültig. Deine Seele wird noch oft hierherkommen, bis sie findet, was sie sucht«, sagte er, dann holte er tief Luft und setzte hinzu: »Du wirst heiraten und ein Kind bekommen. Du wirst erkranken, aber du wirst für deine Familie sorgen. Dein Mann wird älter sein als du und dich zur Witwe machen. Dein Kind wird dich verlassen und weit weggehen, vielleicht übers Meer. Du wirst sehr alt. Wenn der Tod kommt, wirst du froh darüber sein.«

Das war's. Krystyna ging beruhigt fort, denn das hatte sie alles schon gewusst. Umsonst hatte sie ihr Geld ausgegeben. Sie hätte sich davon eine dieser resedagrünen Boucléblusen kaufen können, wie sie in Paketen aus dem Ausland kamen.

In dieser Nacht hörte sie wieder Amos' Stimme. Er sagte: »Ich liebe dich, du bist eine außergewöhnliche Person.«

Im Halbschlaf meinte sie, die Stimme zu erkennen, sie war sicher, dass sie wusste, wem sie gehörte, und schlief glücklich ein. Aber wie das mit dem Schlaf und Halbschlaf so ist, am Morgen war alles verschwunden, und ihr war nichts geblieben als das undeutliche Gefühl, dass sie etwas wusste, aber sie begriff nicht genau, was es war. Und das war alles.

Peter Dieter

Als Peter Dieter und seine Frau Erika die Grenze überquert hatten, setzte sich ein Maikäfer auf Peters Hand. Peter betrachtete ihn eingehend, der Käfer hatte sieben Punkte. Darüber freute er sich.

»Das ist zur Begrüßung«, sagte er.

Sie fuhren über eine merkwürdige Autobahn. Auf beiden Seiten standen Mädchen in engen Miniröcken und winkten den Autos zu.

Am Abend kamen sie in Wroclaw an, und Peter war überrascht, dass er die Stadt wiedererkannte. Ihm kam alles nur kleiner und dunkler vor, als steckten sie im Inneren einer Fotografie. Im Hotel musste er vor dem Schlafengehen seine Tabletten nehmen, denn sein Herz rumpelte unregelmäßig, und die Pausen zwischen den einzelnen Schlägen dehnten sich manchmal unendlich aus.

»Wir sind zu spät gekommen«, sagte seine Frau Erika ernst und setzte sich auf das Bett. »Wir sind zu alt für solche Aufregungen. Sieh mal, wie geschwollen meine Beine sind.«

Am nächsten Tag sahen sie sich Wroclaw an; die Stadt unterschied sich nicht von all den anderen Städten, die sie im Leben gesehen hatten: verfallende Städte und blühende Städte, Städte, die zu einem Fluss hin abfielen, solche, die tief in der Erde verwachsen waren, und solche, die auf Sand gebaut waren, zart wie die Gebilde aus Schimmelpilz. Verlassene, zerstörte Städte, Städte, die auf Friedhöfen erbaut worden waren und in denen die Menschen dann lebten, als wären sie tot. Städte, die in der Mitte geteilt waren und die auf der einzigen Brücke balancierten, dem steinernen Zünglein an der Waage.

Dann kamen die Berge. Der Karpacz voller Buden mit Andenken, die Szklarska Poreba, die Peter beharrlich »Schreiberhau« nannte, als fürchte er, mit dem neuen polnischen Namen wetteifern zu müssen. Aber eigentlich achteten sie nicht besonders auf die Gegend und dachten nur daran, wann sie endlich weiterfahren konnten, in Richtung Neurode und Glatz, und ob sie auch alles sehen würden, was sie sich vorgenommen hatten. Ob die Zeit überhaupt reichen konnte, all das zu sehen, was da gewesen war, und ob ihre Augen zu Fotoapparaten würden, die einfach alles aufnahmen, was sie sahen.

Peter wollte sein Dorf wiedersehen, und Erika wollte Peter sehen, wie er sein altes Dorf betrachtete. Sie dachte, dann würde sie endlich den ganzen Peter verstehen, vom Anfang bis zum Ende, all seine Traurigkeit, seine lakonischen Antworten, die Neigung dazu, Entscheidungen plötzlich umzustoßen, was sie immer wütend machte, oder sogar diese hartnäckige Angewohnheit, Patiencen zu legen und Zeit auf solche Dummheiten zu verschwenden, die riskanten Überholmanöver auf der Autobahn und all dieses Fremde, das immer in ihm gewesen war und sich auch nach den vierzig Jahren ihres Zusammenlebens nicht geändert hatte.

Sie stiegen in einer Pension auf dem Land ab, in der alle Aufschriften auf Deutsch einluden, ersuchten, warnten und informierten. Schon vor dem Frühstück zog sich Peter die Jacke an und ging hinaus. Es war Mai, die Disteln blühten viel später als unten im Flachland. Er sah seine Berge als einen von Dunst umwobenen, verschwimmenden Umriss am Horizont. Er sog die Luft in die Nase ein. Erst der Geruch, und nicht der Anblick, löste eine ganze Lawine von Bildern aus, überbelichtete, unscharfe Bilder, abgerissene Filme ohne Ton, ohne Pointe, ohne Fabel.

Zum Frühstück gab es ein weich gekochtes Ei, danach brachen sie auf. Die Straße führte sie erst hinab, dann sanft wieder bergauf. Sie wand sich in Serpentinen, und bald verloren sie das Gefühl für die Himmelsrichtung, in die sie fuhren. Sie kamen an Dörfern vorbei, die verstreut auf den Hängen lagen, an großen und kleinen Häusern und rätselhaften Bächen, die allem Anschein zum Trotz immer derselbe kleine Fluss waren. Jedes Dorf hatte seinen Talgrund, der wie ein Stück Schokolade in den samtenen Senken lag.

Die traurigste Erfahrung an diesem Tag war die,

dass Peter sein Dorf nicht wiedererkannte. Es war zu einem Weiler geschrumpft, es fehlten Häuser, Höfe, Wege und Stege. Nur ein Skelett war übrig.

Sie stellten das Auto vor der verschlossenen Kirche ab, hinter der einst, von Linden umgeben, Peters Elternhaus gestanden hatte.

Er atmete auch hier tief die Gerüche des Ortes ein, und wieder setzte das diesen seltsamen Film der Vergangenheit in Bewegung. Und dann wurde ihm klar, dass er diesen Film von nun an überall würde abspulen können, in der Kneipe, an der Tankstelle, in der U-Bahn, im Urlaub in Spanien oder beim Einkauf im Warenhaus, und vielleicht würde dieser wunderbare Film dann noch deutlicher und klarer, denn das, was die Augen jetzt sahen, käme ihm dabei nicht mehr in die Quere.

Sie wanderten einen schmalen, festgetretenen Weg entlang und sahen von oben auf das Dorf, das Skelett des Dorfes, die verbliebenen Häuser, die kleinen Gärtchen, die großen Lindenbäume. Und das alles lebte – dort unten gingen Menschen umher, Kühe wurden zur Weide getrieben, Hunde liefen, ein Mann brach in Gelächter aus, ein Auto hupte, ein Mensch winkte ihnen von weiter oben zu, Rauch aus den Kaminen stieg in die Luft, Vögel flogen in westliche Richtung.

Sie setzten sich ins Gras am Wegrand und aßen Chips. Erika warf einen verstohlenen Blick auf sein Gesicht und fürchtete schon zu sehen, dass seine

Augen feucht waren oder sein Kinn zitterte. Aber er machte ein Gesicht wie vor dem Fernseher.

»Geh alleine weiter«, sagte sie. »Sieh mal, wie geschwollen meine Beine sind«, setzte sie hinzu, und es hörte sich an wie ein Refrain.

Er gab keine Antwort.

»Wir sind zu spät gekommen. Ich bin alt, ich bin zu schwach um bis auf den Gipfel zu steigen. Ich gehe zum Auto zurück und warte auf dich.«

Sie strich ihm leicht über die Hand und drehte sich um. Sie hörte noch seinen letzten Satz: »Gib mir zwei Stunden, vielleicht auch drei.«

Ihr wurde plötzlich traurig zumute.

Peter Dieter ging langsam, Schritt für Schritt, er betrachtete die Steine und die Heckenrosen, die schon Knospen trugen. Alle paar Meter blieb er stehen und holte tief Luft. Dann sah er sich die Blätter an, die Grashalme und die kleinen Pilze auf ihren dünnen Stielen, die langsam die umgestürzten Bäume auffraßen.

Zuerst führte der Weg zwischen Brachland entlang, dann in einen Fichtenwald. Schließlich hörte auch der Wald auf, und Peter hatte das Bergpanorama vor sich, das er in seinem Kopf mit sich herumgetragen hatte. Er schaute nur einmal rundum, denn er hatte Angst, den Anblick allein durch sein Schauen zu zerstören, ähnlich wie bei kostbaren Briefmarken, die Farbe und Klarheit verlieren, wenn man sie zu oft betrachtet. Erst oben auf dem ersten Gipfel blieb er stehen und drehte sich langsam im Kreis, er sog und trank diesen Anblick auf. Alle Berge der Welt hatte er immer mit diesen Bergen verglichen, und keine hatte er so schön gefunden. Sie waren entweder zu groß und gewaltig oder zu unscheinbar. Oder zu wild, zu dunkel, zu bewaldet wie der Schwarzwald, oder zu besiedelt, zu gezähmt und hell wie die Pyrenäen. Er zog seinen Fotoapparat hervor und nahm auf, was er sah. Klick – die verstreuten Dörfer und Gehöfte. Klick – die dunklen Fichtenwälder voll schwarzer Schatten. Klick – das schmale Band des Baches. Klick – die gelben Rapsfelder auf der tschechischen Seite. Klick – den Himmel. Klick – die Wolken. Dann hatte er das Gefühl, dass er keine Luft mehr bekam und jeden Moment ersticken würde.

Er machte sich erneut auf, stieg noch höher und stieß auf den Wanderweg für Touristen; ein paar junge Leute mit Rucksäcken grüßten ihn, als er sich den Schweiß abwischte, der ihm in die Augen tropfte, und gingen weiter. Eigentlich tat es ihm leid, dass sie einfach weitergegangen waren. Er hätte ihnen davon erzählen können, wie er oft hergekommen war, als er in ihrem Alter war, wie er ein kleines Stück weiter unten auf dem feuchten Moos zum ersten Mal mit einer Frau geschlafen hatte, oder er hätte ihnen die Berge zeigen können und die Stelle, wo früher die Windmühle der Olbrichts stand, die mit ihren Flügeln den Dörfern Zeichen gab. Er wollte ihnen sogar hinterherrufen, aber er hatte nicht genug

Luft in den Lungen. Sein Herz hämmerte irgendwo in seiner Kehle und drückte ihm den Atem ab. Jetzt zurückzukehren, da er schon einmal hier war, wäre dumm gewesen, deshalb schleppte er sich noch die paar hundert Meter weiter, bis er genau auf dem Gipfel stand, über den die Grenze verlief. Nicht weit entfernt sah er die geweißten Pfosten, die die Grenze markierten. Allmählich ging ihm der Atem ganz aus, offensichtlich bekam ihm diese längst vergessene dünne Luft nicht. Er hatte vergessen, dass die dünne Luft für Lungen gefährlich ist, die an eine feuchte Meeresbrise gewöhnt sind.

Wenn er an den Rückweg dachte, wurde ihm schlecht. Und wenn er jetzt hier sterben würde?, dachte er und schleppte sich zu den Grenzpfosten. Der Gedanke kam ihm aus irgendwelchen Gründen komisch vor. Nachdem er ein solches Stück bergauf gestiegen und durch halb Europa gereist war, jahrelang in einer Hafenstadt gelebt, zwei Kinder gezeugt, ein Haus gebaut, geliebt, den Krieg mitgemacht hatte. Er lachte in sich hinein und zog ein Stück Schokolade aus der Tasche. Er blieb stehen und wickelte sie sorgfältig aus dem Goldpapier, aber als er sie in den Mund steckte, wusste er, dass er sie nicht mehr hinunterschlucken würde. Etwas anderes nahm seinen Körper in Anspruch. Sein Herz zählte die Schläge ab, die Arterien erschlafften, das Hirn schüttete ein Betäubungsmittel aus, das einen sanften Tod bescherte. Mit der Schokolade im Mund setzte sich Peter an einen Grenzpfosten, und der ferne Abgrund des Horizonts zog langsam seinen Blick in sich hinein. Ein Bein hatte er in Tschechien, das andere in Polen. So saß er vielleicht eine Stunde lang und starb, Sekunde um Sekunde. Am Schluss dachte er noch an Erika, die unten im Auto auf ihn wartete und sich bestimmt Sorgen machte. Vielleicht hatte sie schon die Polizei benachrichtigt. Jetzt kam auch sie ihm unwirklich vor, ein Küsten- und Tieflandwesen. Als hätte er sein ganzes Leben geträumt. Er wusste nicht, wann er starb, denn es geschah nicht auf einmal, sondern nach und nach brach alles in ihm auseinander.

Als die Dämmerung fiel, fanden ihn die tschechischen Grenzwächter. Der eine tastete noch seine Hand nach dem Puls ab, der andere, jüngere, blickte erschreckt auf das braune Schokoladenrinnsal, das von seinem Mund bis zum Hals getropft war. Der Erste zog sein Funkgerät heraus, sah den anderen fragend an, und beide sahen auf die Uhr. Sie zögerten. Sie dachten daran, dass sie zu spät zum Abendessen kommen würden. An den Bericht, den sie würden schreiben müssen. Und dann nahmen sie in stummem Einverständnis Peters Bein und schoben es von der tschechischen Seite auf die polnische. Aber das reichte ihnen noch nicht, vorsichtig zogen sie den ganzen Leichnam ein kleines Stück in nördliche Richtung, nach Polen. Und mit schlechtem Gewissen gingen sie schweigend davon.

Eine Stunde später fiel der Strahl aus den Taschenlampen zweier polnischer Grenzschützer auf Peter. Der eine schrie »Jesus!« und fuhr zurück, der andere griff instinktiv nach seiner Waffe und sah sich um. Es war völlig still, und die Ortschaften unten im Tal sahen aus wie fortgeworfene Schokoladenpapierchen, in denen sich die Sterne spiegelten. Die Polen leuchteten Peter ins Gesicht und flüsterten miteinander. Dann fassten sie ihn andächtig schweigend an Händen und Füßen und trugen ihn auf die tschechische Seite.

Und so blieb Peter Dieter sein eigener Tod in Erinnerung, bevor seine Seele ganz verschwand – als mechanische Bewegung zur einen und zur anderen Seite, als ein Balanceakt auf einer Kante, das Verharren auf einer Brücke. Und das letzte Bild, das in seinem entschlafenden Hirn auftauchte, war die Erinnerung an die Krippe in Albendorf: kleine Menschlein aus Holz, die sich in einer aufgemalten Landschaft bewegen und die ihnen vorgeschriebenen mechanischen Bewegungen ausführen. Die hölzernen Menschlein gehen umher, sie treiben hölzerne Kühe auf die Weide, hölzerne Hunde laufen, ein Mensch lacht hölzern auf, eine andere Gestalt mit Eimern in der Hand winkt, über den aufgemalten Himmel zieht aufgemalter Rauch, aufgemalte Vögel fliegen gen Westen. Zwei Paar hölzerne Soldaten tragen Peter Dieters hölzernen Körper bis in die Unendlichkeit von einer Seite auf die andere.

Ergo Sum

Ergo Sum hatte Menschenfleisch gegessen. Das war im Vorfrühling dreiundvierzig, irgendwo zwischen Workuta und der kleinen Station Krasnoje. Man hatte sie zu fünft in einem Schuppen bei den Gleisen zurückgelassen, wo sie die nächsten Wagons entladen sollten, aber der Zug kam nicht an. In der Nacht fiel Schnee, noch schwerer und weißer als der Schnee, der schon lag. Sie gruben Zweige und die letzten Reste Gras unter dem Schnee heraus und aßen sie. Sie kratzten das alte Moos von den Brettern der Schuppenwand. Zum Glück war ringsherum Wald – das Feuer wärmte ihre Körper, denn von innen wärmte sie nichts mehr.

Ergo konnte sich an die Namen seiner Gefährten nicht mehr erinnern, es war ihm gelungen, sie zu vergessen, aber das Gesicht des Menschen, der erfror und dessen Leiche sie aßen, das konnte er nicht vergessen. Der Mensch musste in der Nacht erfroren sein, denn am Morgen lag er zusammengekrümmt am glimmenden Feuer, einer seiner Schuhe war angekohlt, als hätte er das Bein ins Feuer gestreckt, um sich beim Sterben zu vergewissern, ob er noch am Leben war. Vielleicht war das Bein auch erst ins

Feuer gerutscht, als er schon tot war. Er hatte eine Glatze und einen rötlichen Bart. Ergo erinnerte sich noch daran, dass zwischen den bleichen Lippen das vom Skorbut zerfressene Zahnfleisch sichtbar wurde.

Ergo Sums Vater war Dorfschullehrer. Er wohnte in der Nähe von Boryslaw. Sein Name war ganz alltäglich, er hieß Wincenty Sum, aber in einem Anfall von etwas zweifelhaftem Humor hatte er seinem Sohn den Namen Ergo gegeben. Ergo Sum – das klang stolz und selbstbewusst. Zumindest empfand er es so. Später bereute er, dass er seinen Sohn nicht mit zwei Vornamen ausgestattet hatte, das wäre vornehmer gewesen, zivilisiert, ein Zeichen dafür, dass sein Volk und damit auch Wincenty Sum und seine Kinder zum Westen gehörten.

Ergo Sum studierte in Lemberg Geschichte und Klassische Philologie. Als er deportiert wurde, war er vierundzwanzig Jahre alt.

Der Erfrorene lag zu einem Knäuel zusammengerollt unter einer Pferdedecke, und nur sein angekohlter Schuh ragte darunter hervor. Die Ohrenklappenmütze war ihm vom Kopf gerutscht, und seine Glatze war sichtbar geworden. Sein Gesicht hatte menschliche Züge, sah aber nicht mehr menschlich aus. Wortlos trugen sie ihn hinter den Schuppen und legten ihn in eine Schneewehe. Der Schnee rieselte wie Sand aus dem Himmel – fein, scharf und angriffslustig. Nach ein paar Stunden hatte er alle Spuren zugedeckt. Aber Ergo Sum dachte an den erfrorenen Menschen, und er hatte ständig diesen angekohlten Schuh vor Augen. Er versuchte sich ins Gedächtnis zu rufen, was jener gesagt hatte, was er getan hatte, wie seine Stimme geklungen hatte, doch er konnte sich an nichts erinnern. Er hatte alles vergessen, als wäre dieser Mensch mit dem angekohlten Schuh nie bei ihnen gewesen. Sie tranken geschmolzenen und aufgewärmten Schnee und sprachen kein Wort miteinander. Ein Schneesturm hob an, und alles ringsum heulte und knisterte. Der Schnee drang durch die Ritzen in den Wänden und bildete weiße, fest umrissene Häuflein, wie ein lebendiges Geschöpf, das zu Besuch kam, wie ein Bewohner der Himmelsräume zwischen den Sternen, der sich für diese Nacht ein Obdach auf der Erde gesucht hatte. Am Morgen lebten sie noch alle. Einer von ihnen ging nach draußen und kam sogleich zurück. »Der Schnee hat ihn ganz zugeweht. Man sieht nichts mehr. Jetzt finden wir ihn nie mehr wieder«, sagte er verzweifelt.

Sie sprangen von ihren Plätzen auf und gingen in den Schnee hinaus, um die Leiche zu suchen, die plötzlich so kostbar und begehrt war. So dachte Ergo an ihn: dass man ihn brauchte, ihn begehrte, dabei spielte es gar keine Rolle, was er selbst darüber dachte, denn irgendwelche Gedanken hatte er schon, irgendwelche Sätze trieben ihm durch den Kopf, aus Vergil oder Tacitus, er wusste selbst nicht, woher sie kamen. *Cum ergo videas habere te omnia*

quae mundus habet, dubitare non debes quod etiam
animalia, quae offeruntur in hostiis, habeas intra te.
Mit Stöcken schlugen sie auf den weißen Körper des
Schnees, und als sie nichts fanden, begannen sie, ihn
mit den Händen beiseitezufegen und Löcher hin-
einzubohren, bis Ergo den angekohlten Schuh entdeckte und ganz außer sich vor Freude rief:

»Ich habe ihn! Ich habe ihn!«

Sie trugen den Körper zum Schuppen, legten ihn
an die Außenwand und bedeckten ihn mit Zweigen
und Brettern. Sie kehrten in den Schuppen zurück
und tranken etwas aufgewärmten Schnee, denn sie
waren halb erfroren. Dann ging einer von ihnen
hinaus und kam mit gefrorenen Streifen Fleisch zurück, die er ins Wasser warf. Ergo Sum war es nicht
gewesen, das wusste er noch genau. Beim ersten
Mal hatte es ein anderer gemacht. Die Fleischstrei-
fen tauten im Wasser auf, und dann kochten sie eine
Weile vor sich hin. Nicht lange. Träge schwammen
sie im Kessel umher, blass und dünn. Man roch
nichts, nur Dampf stieg über dem Kessel auf. Einer
von ihnen lehnte ab, davon zu essen, aber das war
auch nicht Ergo. Ergo hielt das Fleisch im Mund, es
war zäh, halb roh, und er fühlte sich außerstande, es
hinunterzuschlucken. Nur mit einer sagenhaften ge-
danklichen Anstrengung gelang es ihm, die Stücke
hinunterzubekommen. »Denk dir, dass es normales
Fleisch ist«, sagte er sich. »Suppenfleisch.« Erst dann
brachte er es hinunter und erstarrte, als hätte er eine

Zeitbombe verschluckt. Der, der nichts davon gegessen hatte, sagte am Abend zu ihm, sie könnten eine Allergie bekommen, weil ihr Immunsystem nicht darauf eingestellt sei, diese Proteine zu verdauen. Er war Biologe oder so etwas Ähnliches.

»Halt's Maul!«, sagten sie zu ihm.

Der Zug kam auch weiterhin nicht, und eigentlich war es komisch, noch darauf zu hoffen, dass er kommen würde. Die Gleise waren längst unter dem Schnee begraben. Allmählich verschwanden auch die kleineren Büsche und der Schuppen unter dem Schnee. Jeden Tag mussten sie sich zu dem schütteren Birkenwald aufmachen, um Holz zu holen. Sie brachen die Birkenzweige mit den Händen ab und schleiften sie zum Schuppen. Nachts hörten sie das Heulen der Wölfe, fern und schrecklich. In Ergo Sums Kopf entstand ein Gedanke, der ihn wie Feuer wärmte: »Das ist alles nichts. Kein Grund zur Unruhe.« Dieser Gedanke war wie eine Mauer, eine Wand. Er wuchs, verdrängte andere Gedanken, vermehrte und wiederholte sich tausendfach, erfüllte das ganze Bewusstsein: »Alles ist in Ordnung. Alles ist gut.« Das dachte er auch, als er an der Reihe war, Fleisch zu holen. Er trat vor den Schuppen und wiederholte in einem leisen Singsang diese Worte, die wie ein Mantra wirkten und alle Gedanken in einfache, an nichts und niemand gebundene Stränge kämmten. Er sah keinen Menschen mehr. Er sah eine verdrehte, kantige Gestalt unter einer dünnen

Schneedecke. Mit dem Messer schnitt er Fleisch-stücke heraus, bis auf den Knochen. Es war schwer, denn er hatte ein stumpfes Messer, und das Fleisch war gefroren und hart wie Stein. Erst dann fuhr es ihm wie ein Blitz durch den Kopf, dass er Stücke aus der Wade geschnitten hatte. Dass sie das Bein schon fast aufgegessen hatten. Der Biologe war so schwach, dass er keinen Einspruch erhob, als sie ihm heiße Brühe mit ein paar Fleischstückchen gaben, obwohl ihnen gar nicht daran gelegen war, dass er überlebte. Jetzt war er genauso wie sie.

Das ging eine Woche so, vielleicht zwei. Ergo holte noch mehrere Male Fleisch, schnitt es mit dem Messer vom Knochen ab und zerbrach kleine Knochen, weil sie schließlich auch noch die Knochen verwenden mussten. Der Schnee und alles andere sorgten dafür, dass sich die Quelle ihrer Verpflegung bald nicht mehr erkennen ließ. Es war ein Haufen Knochen, etwas Erfrorenes von ungleichmäßiger Form. Der Biologe erbrach sich nur einmal, und zwar als sie anfingen, die Innereien zu essen.

Irgendetwas wachte beschützend über sie, dachte Ergo Sum, denn an dem Tag vor dem Angriff der Wölfe sahen sie menschliche Spuren im Birkenwald. Sie folgten ihnen ein Stück, und man sah, dass die-ser Mensch auf einem Schlitten Holz transportiert haben musste, und den Schlitten hatte ein Pferd ge-zogen. Aufgeregt kehrten sie zum Schuppen zurück. Sie beteten darum, dass kein Schnee fallen möge, der diese Spuren von der Welt zudeckte. In der Nacht hörten sie das Heulen erst in der Ferne, dann in der Nähe, schließlich Lärm und Balgerei unmittelbar am Schuppen. Erst zerfetzten und fraßen die Wölfe ihre Vorräte, dann stürzten sie sich, vom Kampf um die elenden Beutestücke zur Raserei gebracht, gegen die Tür und bissen in die Wände. Sie schürten ihr Feuer, bis es so groß war, dass die Decke ganz rußig wurde. Wenn die Nacht eine Stunde länger gewesen wäre, hätte der Schuppen nicht mehr standgehalten, und sie hätten in den Rachen der Wölfe ihr Ende gefunden.

Sobald die Sonne aufging, machten sie sich zum Birkenwald auf, zu der Stelle, wo sie die Spuren des Menschen mit dem Schlitten und dem Pferd gesehen hatten. Sie gingen zu dritt, denn am Morgen hatten sie festgestellt, dass der Biologe gestorben war. Auch das war gut so, dachte Ergo Sum, wieder hatte die Vorsehung über sie gewacht, denn sie wären nicht imstande gewesen, den geschwächten Biologen zu tragen. Sie hatten einen langen Weg vor sich, niemand wusste, wie weit er war und ob er überhaupt zu einem Ziel führen würde.

Sie gingen den ganzen Tag, zuerst durch den Wald, dann am Waldrand entlang, bis sie am Abend, mehrere Stunden nach Einbruch der Dunkelheit, in der Ferne Lichter sahen. Irgendwo in ihrem Rücken heulten Wölfe.

So wurden Ergo Sum und seine beiden Gefährten, deren Namen ihm nicht einmal in Erinnerung geblieben waren, gerettet. Sie kamen in ein kleines Dorf, einen Weiler, der aus fünf Häusern bestand. Dort konnten sie sich wärmen und bekamen zu essen, dort heilten sie den Frostbrand an ihren Füßen, Händen und Fingern aus. Von dort gelangte Ergo Sum zur polnischen Armee, legte den ganzen Weg von Lenino bis Berlin zurück und landete schließlich in Nowa Ruda als Geschichtslehrer am alten Gymnasium, wo in der Eingangshalle eine Marmorbüste von Goethe stand.

Es fing immer unmittelbar nach Weihnachten an und steigerte sich im Februar zur Verzweiflung. Jedes Jahr kehrte Ergo Sum nach den Weihnachtsferien als ein anderer Mensch in die Schule zurück. Er war müde und erschöpft, Augen und Kopf schmerzten. Der Anblick des schmutzigen Schnees war so deprimierend, dass es fast wehtat. Ergo kniff die Augen zusammen und fühlte sich wie eingesperrt in einem unbeholfenen, steifen, plumpen Körper, der wiederum in einer unbeholfenen, steifen, plumpen Welt gefangen war. Schon das bloße Dasein der Kinder in der Schule erschien ihm sinnlos – man unterrichtete sie mit solcher Mühe, kämpfte mit ihrem spontanen Übermut, verdarb sich beim Korrigieren der Klassenarbeiten die Augen, wurde taub von ihrem Geschrei und bekam von dem allgegenwärtigen Kreidestaub graue Haare, und die Kinder wuchsen heran, nur um in den nächsten Krieg zu ziehen und sich gegenseitig umzubringen. Oder um sich in Friedenszeiten zu betrinken und fortzupflanzen. Er las mit ihnen Vergil. Sie begriffen nichts davon, das wusste er. Er nahm mit ihnen einfache lateinische Phrasen durch, die in ihrem Mund zu bloßen Fremdworten wurden. Die Bedeutung rieselte aus ihnen heraus wie Mohn aus einer aufgeplatzten Tüte und mischte sich in die Strömung des stinkenden, verfärbten Flusses, der unverdrossen durch die Stadt zog. Niemand im Umkreis von hundert Kilometern verstand Vergil, niemand sehnte sich nach ihm. Er war zu nichts notwendig. Ringsum lebten Menschen, die von den Büchern nicht entdeckt wurden; Menschen, die vor einem Stapel Bücher mit Aischylos, Platon und Kant standen, aber wie durch ein Wunder unweigerlich einen Pilzführer oder ein Kochbuch mit hundert neuen Kartoffelrezepten darin fanden.

Das Einzige, was rhythmisch auf den Straßen dieser aller Weisheit beraubten Stadt erklang, war ein Spottvers, den die Kinder einhellig unter seinem Fenster herunterleierten: »Vater Vergil lehrte seine Kinder all, hundertvierzig an der Zahl«.

Dabei kam ihm Latein so schwerfällig vor, ganz ohne Schwung, so verknöchert durch die kirchlichen Assoziationen. Und diese ihm so fremde Stadt war ganz und gar damit durchsetzt. Es passte zu dem Rathaus am Markt, zu den hohen Bürgerhäusern, zu den spitzbögigen Verzierungen, die Gotik vorspiegelten, zu den Fenstern mit den zerschlagenen Fensterscheiben, zu den Passanten mit ihren Barbarengesichtern. Das war die Welt der vierten Ekloge, die Welt, die auf die Geburt des Kindes wartete, mit dem das neue goldene Zeitalter anbrechen sollte.

Deshalb zog er Griechisch vor. Er vermisste es schmerzlich, denn im Gymnasium konnte er nur Latein unterrichten.

Wenn es mit der Korrektur der Klassenarbeiten nicht recht vorwärtsging, griff er in seiner Verzweiflung nach Platon, denn er hegte immer noch die Hoffnung, eines Tages eine bessere Übersetzung als die von Witwicki vorlegen zu können. Er hatte sogar das Gefühl, dass dies seine wahre Sprache war, diese schönen, wohl klingenden griechischen Wörter, die ihn an die Harmonie geometrischer Figuren erinnerten. Er übertrug sie in polnische Wörter, die weniger ebenmäßig waren, überdies mehrdeutig und voller Suffixe, welche die Bedeutung auf unerwartete Weise völlig veränderten. Wenn es einen Gott gab, sprach er mit Sicherheit griechisch.

Also Platon. Er sah sie vor sich, wie sie sich unterhielten, vier oder fünf Männer in halb liegender Stellung auf steinernen Lagern. Die nackten Arme, die Haut, die vielleicht nicht mehr jung war, aber glatt, gesund und goldbraun, Sonnenreflexe auf dem hinten geknöpften Obergewand, die Hand mit dem Becher ein wenig angehoben, die Haare auf den Schläfen grau meliert und kurz gestutzt. Das war der Ältere. Und die beiden Jüngeren: dunkelhaarig, dunkeläugig, mit vollen Lippen. »Einer von ihnen ist Phaidros«, denkt Ergo Sum. Der Vierte hat sich aufgerichtet und spricht im Sitzen, seine Hand schlägt den Rhythmus seiner Worte in der Luft. Ein Knabe schenkt Wein ein, auf den Tellern türmen sich Weintrauben und Oliven, obwohl Ergo Sum nicht wusste, wie Oliven aussehen. Allein dem Wort nach zu urteilen, mussten sie glatt und straff sein, und der fettige Saft spritzte auf die Lippen, wenn man ihre Haut durchbiss. Die Sonne erwärmt die steinernen Wege und vernichtet jeden verirrten Wassertropfen auf der Stelle. Es gibt kein Wort zur Bezeichnung von Nebel, Schnee ist ein Mythos, von dem man sich nachts erzählt, aber keiner glaubt daran. Wasser tritt nur als Okeanos oder als Wein auf. Der Himmel ist ein einziger großer Regenbogen der Götter.

Vor Ergo Sums Fenster lag ein dunkler Hof, der auf drei Seiten von Häusern und auf der vierten Seite von einer bewaldeten Böschung umgrenzt war. Wenn Ergo Sum den Himmel sehen wollte, musste er sich direkt ans Fenster stellen und nach oben schauen. Meistens war der Himmel perlmuttgrau.

Seine Wohnung lag in einem alten, niedrigen Mietshaus am Fluss. Sie bestand aus einer Küche, einem azurblau gekachelten Badezimmer, zwei Zimmern und einer verglasten Veranda, mit der er nichts anzufangen wusste. Im Winter sperrte er sie zu und dichtete die Tür zusätzlich mit Lappen ab. Im Sommer machte er dort seine Morgengymnastik zu der entsprechenden Radiosendung, bevor er in die Schule ging. Dort stand auch das Bügelbrett, auf dem die Zugehfrau seinen makellosen weißen Hemden die erforderliche Glätte verlieh, und eine alte deutsche Nähmaschine. Er spielte mit dem Gedanken, auf der Veranda Topfblumen zu ziehen, wie er es auf anderen Veranden sah, aber er wusste nicht, wie er es anstellen sollte. Ein alter Junggeselle und Blumen. Ergo Sum hoffte, eines Tages zu heiraten, dann wäre diese Wohnung genau das Richtige. Jetzt war sie zu groß. Einmal in der Woche kam Frau Eugenia, räumte auf und putzte. Sie wachste und bohnerte die braunen Fußböden, bis sie glänzten, und zum Schluss buk sie dem Herrn Professor einen Streuselkuchen. Immer denselben, nur das Obst änderte sich. Im Herbst und Winter waren es Äpfel, im Sommer Blaubeeren oder Himbeeren. Im Frühling musste es Rhabarber sein, der in Bündeln vom Markt geholt wurde. Ergo Sum assoziierte den Geruch von Bohnerwachs immer mit dem Duft von frischgebackenem Kuchen. Er machte sich eine Tasse Tee und griff aufs Geratewohl in sein Platonregal – der wichtigste Gegenstand im ganzen Haus –, zog einen Band heraus und las.

Welch eine Wonne, welch ein süßes Leben – im kühlen Haus zu sitzen, Tee zu trinken, Kuchen zu knabbern und zu lesen. Die langen Sätze auszukosten, ihren Sinn zu schmecken, plötzlich, von einem

Augenblick zum nächsten, ihren tieferen Sinn zu erfassen, darüber in Erstaunen zu geraten und wie erstarrt sitzen zu bleiben, die Augen auf das Rechteck des Fensters geheftet. Der Tee erkaltet in der dünnen Tasse, Dampf steigt auf wie feine Spitze und löst sich in der Luft auf, hinterlässt nur einen kaum merklichen Geruch. Die Buchstabenreihen auf der weißen Buchseite bieten den Augen, dem Geist, dem ganzen Menschen Obhut. Dadurch wird die Welt offenbar und ungefährlich. Die Kuchenkrümel rieseln auf eine Serviette, die Zähne treffen mit einem leisen Klirren an das Porzellan. Das Wasser läuft einem im Munde zusammen, denn Weisheit ist appetitlich wie Hefekuchen und belebend wie Tee.

Auf dem Nachttisch lag griffbereit Diogenes Laertios, der ihm als Bettlektüre vor dem Einschlafen diente, aber manchmal griff er auch zwischendurch danach, wenn ihn die Klassiker oder das monotone Gerede im Radio ermüdeten, dann öffnete er den Band auf gut Glück und las von Heroen, großen und außergewöhnlichen Menschen. Von dem großen Thales, der als Erster den Mut hatte, von der Unsterblichkeit der Seele zu sprechen, von Pherekydes, dem Lehrer des Pythagoras, und von Sokrates und seinem Daimonion, der ihm einen ruhmreichen Tod voraussagte, von Epikur (man kann nur angenehm leben, wenn man weise lebt), Empedokles (was die vier Elemente verbindet, ist die Liebe) und dem außergewöhnlichen Archemanes von Metapont, der

Von der Zweiheit der Dinge schrieb (jede Sache hatte eine zweifache Natur) und vor allem von Platon.

Und dann geschah diese merkwürdige Sache. Er kannte Platon fast auswendig, aber aus irgendwelchen Gründen hatte er einen bestimmten Abschnitt immer übersehen. Im achten Buch des *Staates* entdeckte er plötzlich einen Satz, der ihn erschreckte. Er erstarrte, als er ihn las und seinen Sinn verstand: *Wer von menschlichen Innereien gekostet hat, wird unweigerlich zum Wolf.* Ja, genauso stand es da. Ergo Sum stand auf, ging in die Küche, sah aus dem Küchenfenster mit dem Blick auf das benachbarte Mietshaus und dachte schon, es sei ihm gelungen, den Satz zu vergessen. Er schaltete das Radio ein, irgendeine beiläufige Musik drang aus dem Lautsprecher. Er wühlte in der Schublade, riss ein Kalenderblatt ab, stocherte mit einem abgebrochenen Streichholz nach den Kuchenresten in seinen Zähnen, aber das alles half nichts. In Ergo Sums Gedanken erschienen die ersten Frostkristalle, die sich jetzt nach allen Seiten hin ausbreiteten und alles zum Gefrieren brachten, was ihnen in den Weg kam. Die Küche war dieselbe, der Ausblick war so wie immer, der Duft des Tees hing noch in der Luft, und die Fliegen fuhren zärtlich mit ihren Rüsseln über die Kuchenreste, aber um ihn herrschte bereits diese schreckliche leere Landschaft des ewigen Winters. Ringsum nichts als weißer, gefrorener Raum, scharfe Kanten, Kälte und knirschender Schnee.

Er las den Satz mehrere Male täglich, denn immer wieder kam es ihm vor, dass er ihn sich nur eingebildet hatte. Das Unterbewusstsein spielte ihm sicher einen Streich. Dann prüfte er den Satz in anderen Ausgaben und Exemplaren nach, in den polnischen, deutschen und russischen Übersetzungen. Der Satz existierte, und Platon hatte ihn geschrieben. Deshalb war es die Wahrheit.

Wie merkwürdig sind manche Gedanken, wenn sie aufgehen und wachsen wie ein Hefekuchen, bevor er gebacken wird. (»Diese kulinarischen Assoziationen«, dachte Ergo Sum. »Wie tief bin ich gesunken!«) Ein Satz und ein Bild erfüllten jetzt Ergo Sums ganzes Leben. Er ließ sich beurlauben, obwohl die Maturaprüfungen bereits begonnen hatten, und saß in seinem Sessel. Abends begann er zu schwitzen, und ihn überlief eine Gänsehaut. Er hatte Angst, seine Hände anzusehen. Sein eigenes Zähneklappern weckte ihn auf. Und als eines Nachts der Vollmond kurz über den Häusern erschien, heulte Ergo Sum auf. Er presste eine Hand vor den Mund und grub die Fingernägel in seine Wangen, aber es half nichts. Er heulte in sich hinein, und merkwürdigerweise verschaffte ihm das Erleichterung, als hätte er lange Zeit die Luft angehalten und atmete erst jetzt endlich auf.

Er litt nur dann, wenn er sich hin- und herwand, wenn er den Wolf in sich nicht zuließ, wenn er kein Mensch, kein Historiker mit einem komischen Namen mehr war, aber auch noch kein Tier. Das verursachte ihm höllische Schmerzen. Der ganze Körper tat ihm dann weh, jeder Knochen und jeder Muskel, und dazu fühlte er dieses entsetzliche Grauen – im Vergleich dazu war der Tod ein sanftes Streicheln. Das konnte Ergo Sum nicht ertragen, und das war auch nicht verwunderlich. Also ließ er dieses ganze krampfhafte Festhalten am Leben fahren, von einem Augenblick zum nächsten gab er den Kampf auf, er ließ sich bis ganz auf den Grund seiner selbst rutschen und blieb dort schwer atmend liegen. Er wusste nicht, wie es kam, dass der Wolf die Oberhand gewann. Ergo Sum trieb es in den Park, zwischen das Gras auf den Böschungen, in die nächtlichen Schrebergärten und die Friedhofsbeete, nur fort, so weit wie möglich fort von den Menschen und dem Gestank ihrer Häuser. Die Erinnerungen verschwammen ihm dabei so sehr, dass er am nächsten Morgen nicht mehr sagen konnte, wo er in der vorhergehenden Nacht gewesen war.

Die Kastanien blühten, als Ergo Sum nach Wroclaw fuhr, wo er mehrere Bibliotheken aufsuchte und in Erfahrung brachte, dass es sich bei ihm um ein klassisches Beispiel für die Verwandlung in einen Werwolf handelte. Und während er in dieser immer noch sagenhaft zerstörten Stadt umherging, blickte er wiederholt auf seine Hände, um zu prüfen, ob darauf nicht inzwischen schon ein graues Fell spross. Es wurde ihm zur Gewohnheit, und immer wenn er in

Gedanken versank, seine Wachsamkeit verlor, wenn er im Tunnel irgendwelcher Zukunftsphantasien verschwand, sich in eingebildete Dialoge mit Ärzten, Psychiatern, Quacksalbern und sogar mit diesem doch toten Menschen verstieg, den er gegessen hatte, streckte er automatisch die Hände vor sich aus und kehrte in die Wirklichkeit zurück, in der diese Ergo Sum, dem Lehrer am Gymnasium von Nowa Ruda, gehört hatten.

So ging es auch die ganzen Ferien über. Es muss 1950 gewesen sein, denn es war ein bedeckter, feuchter Sommer. Das Gras stand hoch und saftig, die Büsche brachten kräftige Triebe hervor, und man sah, wie gut die Feuchtigkeit den Pflanzen tat. Aber die Menschen waren unzufrieden und saßen auf ihren Veranden herum, spielten Karten und tranken Wodka.

Dann kam der Julivollmond, und das war der dritte Vollmond in Ergo Sums Werwolfdasein. Er bereitete sich sorgfältig darauf vor. In einem Geschäft für Gartenbedarf kaufte er sich eine Schnur, wechselte die Schlösser in den Türen aus und besorgte sich sogar (mein Gott, wenn er das je geahnt hätte!) ein wenig Morphium. Alles war wie im Theater: Die Wolken teilten sich, und der Mond erschien wie eine hängende Bombe. Er ging über den Schrebergärten auf, verhedderte sich in den Obstbäumen und schoss dann so schnell empor, dass man förmlich sah, wie er aufstieg und dabei die ganze Welt in Besitz nahm. Ergo Sum schlief an seinen Stuhl gefesselt.

Als er aufwachte, schien die Sonne. Er lag in einem Entwässerungsgraben zwischen hohen Pflanzen. Zwei Meter von ihm entfernt verlief ein Weg, er hörte die rhythmischen Schritte eines Pferdes und das Quietschen eines Fuhrwerks. Er war nur mit einer Hose bekleidet, und die war völlig zerfetzt. Die Haut auf seiner Brust war mit Schmutz und offenbar auch Blut beschmiert. Er sah sich um, tastete sich ab, prüfte, ob alles an ihm ganz war. Er war heil und unversehrt, aber er hätte sich gewünscht, die Quelle der Blutflecken an seinem eigenen Körper zu entdecken, und sei es auch nur eine Schürf- oder Schnittwunde. Dann wäre wenigstens klar gewesen, dass es sein eigenes Blut war, das an ihm klebte.

Aber er fand keine Verletzung. Er stand auf, und ihm wurde schwindlig. Der Kopf tat ihm merkwürdig weh, als wäre es nicht sein eigener Kopf, als flösse das Blut nicht ganz richtig darin. Vor den Augen tanzten ihm schwarze Flecken. Die größte Sorge war für ihn der Heimweg, den er jetzt irgendwie hinter sich bringen musste. Auf welche Art und Weise sollte er in diesem Zustand zu seiner Straße in der Innenstadt gelangen, wo um diese Zeit alle Welt unterwegs war, um Brot und Milch zu holen, oder am Fenster stand, um das Wetter zu begutachten, wo die Männer sich sogar auf dem Balkon rasierten, damit ihnen kein Augenblick dieses schönen Julitages entging? Sie würden ihn in diesem Zustand nicht einfach vorbeigehen lassen, sie würden ihn ausfragen, was dem Herrn Professor denn zugestoßen sei, und entsetzt auf seine Wunden blicken. Oder vielleicht wussten sie es schon? Vielleicht war die Miliz schon in der Gegend unterwegs, weil man eine Leiche gefunden hatte … Ergo Sum setzte sich auf den Boden und betrachtete seine Hände. Sie waren völlig normal. Dann kam er zur Besinnung. Er beschloss, so, wie er ging und stand, auf das Kommissariat zu gehen und alles zu gestehen. Er ging also voller Zuversicht los, erleichtert, dass er sich endlich jemandem anvertrauen und sich in sichere, fürsorgliche Hände begeben würde. Und dann sollten sie ihn schnell verurteilen. Auf Mord stand der Strang, sie sollten ihn also verurteilen und sofort aufhängen. Amen. Aber warum bloß hatte er das alles mitmachen müssen, um jetzt wie ein Verbrecher zu sterben? Doch nein, das war nicht mehr seine Sorge, er wusste es nicht und würde es nie erfahren. Irgendein Gott übernahm die Verantwortung dafür, irgendwelche Götter, die Teilnehmer an Festmählern mit Oliven und Trauben, sollten sie nur.

Ihm wurde klar, wo er war: am Annaberg. Das war weit von seiner kleinen Stadt entfernt, etwa sechs Kilometer. In der Nähe verlief der alte Wanderweg für Touristen, noch vor einem Jahr war er hier mit seinen Schülern entlanggegangen. Unten im Tal floss ein Bach, darüber erhob sich eine ungewöhnliche Bogenbrücke aus Stein. Auf der Landkarte war sie als *Buchhalterbrücke* verzeichnet. Ja, jetzt wusste er, wo er war. Dieser kleine Weiler, der aus wenigen Häusern bestand, hieß Pietno. Von dort führte der Weg geradewegs zur Landstraße und zur Stadt. Er beschleunigte seine Schritte, dann begann er zu laufen.

In Pietno, gleich hinter der Brücke, stand eine Gruppe von Menschen stumm auf einer sumpfigen Wiese. Als sie Ergo Sum erblickten, gerieten sie in Bewegung, und zwischen ihren Beinen sah Ergo Sum den großen Körper einer toten Kuh. Sie lag mit aufgerissenem Bauch auf der Seite, ihre Eingeweide waren herausgezerrt und lagen über das nasse Gras verstreut. Ergo Sum schlug spontan die Hand vor den Mund, aber er konnte sich nicht zurückhalten, er musste nähertreten. Die Leute machten ihm Platz. Alle hatten graue, hässliche Gesichter, weißlich graue Haare und schrundige Lippen.

»Der Hund hat die Kuh gerissen«, sagte ein Alter mit schiefem Gesicht.

»Bobols Hund«, setzte eine Frau hinzu, die ein kleines Kind bei sich hatte.

»Das war nicht mein Hund. Der war angekettet.«

Das war wohl Bobol, aber sogleich stürzte ein kahl geschorener Kerl mit einer Zigarette auf ihn zu.

»Red keine Scheiße, du hast ihn gerade erst angekettet.«

»Bobol passt nicht auf seine Hunde auf«, bekräftigte der Alte mit einem Blick auf Ergo Sum. »Er weiß nicht mal, wie viele er hat.«

Ergo Sum wurde übel, als er begriff, was passiert war. Er hatte sogar noch Fetzen von Erinnerungen an die Ereignisse der letzten Nacht im Kopf, doch vielleicht bildete er sich das nur ein. Er hätte schreien, brüllen, heulen mögen, aber er fasste sich nur an die Kehle. Das war keine übliche Geste, deshalb sahen die Leute ihn neugierig an. Dann löste sich Bobol aus der Gruppe, er sah aus wie ein Waldschrat – klein, gedrungen und bärtig. Entschlossen ging er auf einen großen schwarzen Hund zu, der an einer kurzen Kette lag. Der Hund jaulte auf und drückte sich an den Boden, wahrscheinlich spürte er, dass sein Tod nahe war. Bobol hob einen dicken Knüppel auf, holte aus und schlug ihm damit auf den Kopf. Der Hund schrie so durchdringend, dass manche Frauen erschauerten, dann kippte er schlaff zur Seite und erstarrte.

Da fiel Ergo Sum neben der Kuh und zwischen den Beinen der Leute im nassen Gras auf die Knie und begann zu schluchzen. Die Leute sahen ihn verwundert an und wechselten spöttische Blicke miteinander. Ihre stählernen Augen blitzten.

»Mensch, reiß dich zusammen. Worüber heulst du denn? Über die Kuh oder den Hund? Die Leute tun dir gar nicht leid?«

Ergo Sum blickte zum Gesicht des Alten auf und suchte darin nach Mitleid. Vielleicht dachte er sogar, dieser Mensch würde ihn an sich drücken und mit seinem schmutzigen Kittel die Tränen von Ergo

Sums Gesicht wischen. Aber die Augen des Bauern waren wie Messer.

Dann war er wieder auf der Hauptstraße, noch am Stadtrand. Er kam am Lido vorbei, einer Kneipe, die um diese Zeit geschlossen war, und seine zerstreuten Gedanken kreisten flatternd um Platon. Dass er weise und gelassen war wie ein griechischer Gott, nein, das war ein schlechter Vergleich, die griechischen Götter waren nicht weise und gelassen. Aber die Welt war damals anders, wer weiß, aus welchem Grund, die Sonne leuchtete golden und pfirsichfarben, Olivenbäume breiteten ihr Grün über die Hänge, die Menschen hatten helle Haut und trugen weiße Gewänder. Diese Vision schob sich in seinen Gedanken über die tote Kuh, den erschlagenen Hund und die Gesichter der Leute in Pietno. Das eine war im anderen enthalten, wer weiß, warum, aber so war es. Das eine war ein Teil des anderen. Platon, seine erhobene Hand, die eine Olive zum goldenen Mund führte, und Pietno bildeten die Prolegomena zu Ergo Sums Zukunft.

Die Leute drehten sich nach ihm um, aber er achtete nicht darauf, sie taten es diskret, aus dem Augenwinkel, sicher, um ihn nicht in Verlegenheit zu bringen. Ein paarmal hörte er: »Er hat sich betrunken! Der Herr Professor ist betrunken!« Er biss die Zähne zusammen und war schon an der Kreuzung beim Heiligen Nepomuk, als ihm plötzlich einfiel, sich zu waschen, bevor er zur Miliz ging, deshalb schlug er automatisch die Richtung zu seiner Wohnung ein. Die Türe des Treppenhauses fiel barmherzig hinter ihm ins Schloss. Ergo Sum presste die geballten Fäuste vor seine Augen, weil er spürte, dass er die Tränen jetzt nicht mehr zurückhalten konnte. Was hätte Platon in einer solchen Situation gemacht? War das überhaupt denkbar? »Er hätte sich umgebracht«, dachte Ergo Sum. Er hätte sich wie Petronius die Pulsadern aufgeschnitten, und er hätte es bei einem Gastmahl gemacht, unter Freunden, im hellen, offenen Raum, wo alles golden war, die Luft, die Oliven, der Wein und so weiter. Und sterbend hätte er gescherzt. Wie Sokrates.

Ach, wie sehr verlangte es Ergo Sum nach dem Tod. Er sah sich selbst vor sich, wie er in der Veranda an einem Strick baumelte.

Aber Ergo Sum nahm sich nicht das Leben und ging auch nicht zur Miliz. Der Küchenstuhl – derselbe, an den er sich so sorgfältig gefesselt hatte – bot seinem von dieser schrecklichen Nacht geschundenen Körper barmherzig Platz. Reglos saß er bis zum Morgen da.

Am Morgen wusch er sich nur, packte eine Hose, ein wenig Wäsche und einen Pullover in einen Pappkoffer, schloss seine Wohnung ab und ging aus der Stadt hinaus nach Pietno. Dort gelang es ihm, den schratartigen Bobol zu überzeugen, dass jeder Bauer einen kräftigen Knecht brauche, und sei es auch nur dazu, die verendeten Tiere zu vergraben. Bobol sah ihn misstrauisch an, aber als sich herausstellte, dass dieser Knecht kein Geld wollte, nur eine Ecke zum Schlafen und etwas zum Essen, da willigte er ein, und seine grauen Äuglein funkelten wie bei einem Wolf.

Ergo Sum wurde zu Bronislaw Sum, beziehungsweise zum Herrn Bronek. Mit großer Erleichterung begrüßte er diesen normalen Vornamen. Die Leute in Pietno setzten ein »Herr« davor, weil er immer noch zarte Hände und grau melierte Schläfen hatte. Nur Bobol nannte ihn Bronek, wenn er den Stall ausmisten, den Kühen Wasser bringen oder das Heu wenden musste, das in Pietno wegen der sagenhaften Feuchtigkeit des Bodens nie ganz trocken wurde.

Herr Bronek musste bei Tagesanbruch aufstehen und die Kühe melken. Er lernte es gleich – er musste die Euter der Kühe nur als fleischige Behälter mit Flüssigkeit ansehen und sie mit den Fingern behutsam abwärts drücken, bis der weiße Strahl mit einem leisen Klirren auf die Eimerwand traf. Danach trank er von der Milch, die warm war und nach Mist roch. Das war sein Frühstück. Dann trieb er die Kühe auf die Weide und auch das Pferd, das den Kopf auf und ab bewegte, als wollte es ihn begrüßen oder ihm danken. Wenn er zurückkam, machte er die Ställe sauber. Dort hatte sich im Laufe der Jahre, in denen nicht sauber gemacht worden war, so viel Mist angesammelt, dass er sich verfestigt und allmählich in Stein verwandelt hatte. Bronek stach ihn mit der Stichschaufel wie Torf, legte ihn auf die Schubkarre und fuhr ihn vor das Haus, wo er ihn zu Haufen aufschichtete. Gegen Mittag ging er ins Haus, schälte Kartoffeln, kochte sie, übergoss sie mit ausgelassenem Speck und servierte sie mit Sauermilch. Er und Bobol aßen schweigend. Aus dem Flur sahen Bobols ewig hungrige Hunde ihnen zu, die jungen und die alten. Keiner wusste, wie viele er hatte. Nach dem Mittagessen legte sich Bobol zu einem Nickerchen hin, und Herr Bronek setzte sich auf die Vortreppe und betrachtete die gewellte Linie des Horizonts und die faltige Ebene der Weiden und Felder. Dann musste wieder gemolken werden, die Milch wurde geseiht, der Käse angesetzt, die Milchkannen wurden gefüllt, das Heu wieder gewendet und der Mist wieder abgekarrt. Zum Abendessen gab es Brot mit Dauerwurst oder Mettwurst, dann ging Bobol zu den Nachbarn zum Trinken, und so begann die Nacht.

Die Nacht keimte immer irgendwo in der Gegend des Baches, und erst von diesem feuchten, kühlen Ort her begann der Himmel zu dunkeln. Jeden Abend war Herr Bronek Zeuge dieser Verwandlung. Er saß auf der Treppe vor dem Haus und schaute. Zuerst hörte er den regelmäßigen Ruf des Nachtvogels, der sich wie das kreischende Ticken einer Uhr anhörte. Dann, wenn die Dunkelheit vollends herabsank, hörte man die Menschen. Ihre betrunkenen Stimmen steckten tief in der Dunkelheit, dumpf, hilflos, stammelnd, umgeben vom Dunst des schnell hinuntergestürzten Fusel. Wie immer war Herr Bronek bemüht, nichts zu denken oder zumindest so wenig wie möglich zu denken: was am nächsten Tag zu tun war, ob es schon Zeit war, schlafen zu gehen, wo Bobol bloß die Mistgabel hingelegt hatte. Und schließlich ging er nach oben und schlief und saugte sich bis zum Morgen voll mit dem Geruch nach Dämmer, Feuchtigkeit und Mist.

Aber es gab auch andere Nächte, die kristallklar und furchtbar waren, und dann konnte Herr Bronek nicht schlafen. Einmal verlangte es ihn im Traum nach Tee, das Wasser lief ihm im Munde zusammen, seine Kehle schnürte sich zu. Er wälzte sich mit wachsender Wut von einer Seite auf die andere, die Beine juckten ihm, als wollten sie ihn die Treppe hinunter, über den Hof und immer weiter weg treiben. »Das halte ich nicht aus«, dachte er, denn es war wie das peinigende Bedürfnis zu urinieren, wie eine Gefülltheit zum Platzen, die sich entleeren wollte und gegen die keine Willensanstrengung etwas ausrichten konnte. Einige Male weinte er, auf eine merkwürdige Weise, nur die Tränen rannen, doch innerlich war er ruhig wie eine Wiese mit dichtem Gras.

Dann ging er in den Wald und lief zwischen den Bäumen umher, trat gegen Baumstümpfe und krallte die Hände so fest ineinander, dass er sich mit den Fingernägeln die Haut aufriss. Was ihm noch in Erinnerung blieb, war der Waldrand und die Kapelle, die am Eingang zum Wald wachte wie die Billettkasse am Stadion. Der Putz bröckelte ab, die Steine waren brüchig, und im Innern schimmerte undeutlich eine Gestalt am Kreuz mit abgeschlagenen Beinen. Er ging widerwillig daran vorbei, den Berg hinauf auf die Grenze zu, und der einzige Gedanke, der in seinem benommenen Kopf auftauchte, war, dass er jetzt einen Schuss hören wollte und dass dieser Schuss ihm gelten sollte, dass er auf seinen Körper zielen und mit einem gewaltigen Krachen seinen Kopf durchschlagen sollte, bevor es wieder geschah.

Aber immer wieder geschah das Gleiche: Zuerst fühlte er einen Schmerz im ganzen Körper, und zum Schmerz kam Ekel hinzu, bis ihm speiübel wurde, und wenn er sich zusammenkrampfte, um zu erbrechen, erlosch sein Bewusstsein, und das Letzte, was er noch mit entsetzlichem Grauen sah, waren Pfoten, die in Klauen ausliefen und Büschel zottigen Fells. Dann ging er ganz und gar in einem Verlangen auf, das ihn nicht gefangen nahm, sondern befreite.

Manchmal stand seinem Herrn, dem Jasiek Bobol, der Sinn nach Reden. Er zog eine zerdrückte Packung Sport-Zigaretten aus der Tasche und paffte zwei, bis er den ersten Satz herausbrachte. Sie saßen auf der Steinstufe in der Tür, der Durchzug fuhr ihnen in den Rücken, und ihre Hintern froren auf der unvergänglichen Kälte des Steins. Jasiek Bobol hatte immer nur schlechte Nachrichten. Er erzählte, dass er im Radio einen Bericht über eine Frau gehört hatte, die in den Wäldern der Bieszczaden lebte. Sie sagte die Zukunft voraus. Einmal waren drei Touristen in der Gegend unterwegs, und als es Nacht wurde, fanden sie sich unversehens vor ihrer Hütte wieder. Sie gab ihnen Milch zu trinken und sagte: »Ich sage euch die Zukunft voraus, aber erst müsst ihr mir Schuhe kaufen.« Sie schickten den jüngsten ins Dorf hinunter, und er kaufte ihr Turnschuhe. Die Alte zog die Schuhe an und zeigte ihnen drei Särge. In einem lag Getreide, im anderen Spelz, und der dritte war voller Blut. »So werden die drei Jahre aussehen.« »Welche Jahre?«, fragten die Touristen. Das wollte sie ihnen nicht verraten. »Im ersten Jahr gibt es eine reiche Ernte. Im nächsten Jahr gibt es nur Spelz, und im dritten Jahr fließt Blut.« »Wessen Blut?« Das sagte sie nicht, und nun dachte Bobol darüber nach, welches Jahr jetzt war – das Getreidejahr, das Spelzjahr oder das Blutjahr. In Pietno sah die Zukunft immer düster aus. Das Gras war voll Blutegel, das Wasser im Bach trüb, und die Leute waren aufgedunsen, verkatert oder krank. Unter geheimnisvollen Umständen verendete ein Schaf, der Marder blutete die Hühner aus, der Blitz erschlug eine Kuh, im Gewitter ertrank ein Wurf Welpen. Es regnete länger als an jedem anderen Ort, mit leisem Knistern rostete das Metall, die Kuhfladen überzog ein weißer Schimmel, weil die Erde sie nicht haben wollte.

Bronek war derjenige, der das Aas am Bach vergrub. Als Bobols ewig hungrige Hunde ein gerissenes Reh aus dem Wald anschleppten, ließ Bobol sie nicht davon fressen. Eine unerwartete Rührung trübte seine vom Alkohol triefigen Augen, und er befahl Bronek, das Reh zu vergraben. Bronek hätte Totengräber verendeter Tiere werden können. Aber eine Rehleiche zu beerdigen, ist nicht einfach. Man muss eine tiefe Grube graben, denn das Reh hat lange, steife Beine, die in keinem Grab Platz finden. Damit die Hunde es nicht wieder ausscharren, muss man die schlanken Läufe des Rehs mit dem Spaten zertrümmern. Das tat Bronek auch, und obwohl das Reh ganz unzweifelhaft tot war, war es schrecklich, ihm die Beine zu brechen.

Daran dachte er, als er zum ersten Mal zum Blutspenden mit dem Autobus nach Klodzko gefahren war. Diese Idee war ihm ganz von selbst und plötzlich eines Nachts gekommen, als er an sich selbst so litt, dass er heulen wollte. Vielleicht hatte auch der regionale Radiosender diesen Einfall angeregt. Es war immer vom freiwilligen Blutspenden die Rede, vielleicht war ihm auch ein Stück Zeitung in die Hände geraten. Er war schon so sehr Bronek, dass er nicht weiter über seinen Einfall nachdachte. Ihm kam es lieblich und rechtschaffen vor, jemandem Blut zu spenden – das, was man in sich hat, was nie die Welt sieht, die Strahlen der Sonne nicht kennt und was einen am Leben erhält. Diese widerwärtig warmen und dicken roten Ströme aus dem eigenen Innern zu entlassen und daran zu glauben, dass jemand sie in sich aufnehmen will mitsamt ihren Erinnerungen an unscharfe weiße Landschaften des Nordens, sauer vor Entsetzen und faulig vor Kraftlosigkeit.

Eine Frau mit weißen Händen massierte ihm zuerst eine Ader auf der Hand, dann stach sie eine Nadel herein, und das Plastikröhrchen saugte Broneks Blut auf wie ein Schröpfegel, damit es an andere weitergegeben werden konnte. Hinterher verspürte Bronek nichts als Erleichterung. Er bekam Kaffee und Goplana-Schokolade. Er aß sie sofort und spürte nicht einmal ihre Süße. Als er dann wieder in den hohen Autobus stieg, der ihn zurück zum Fuß der Berge brachte, wurde ihm ein wenig schwindlig.

Seitdem spendete er öfter Blut, als erlaubt war – zwei-, dreimal im Monat. Er hinterging sie: An der freiwilligen Blutspendestelle herrschte Durcheinander in den Unterlagen, die weißfingrigen Krankenschwestern wechselten oft, und sie hatten andere Dinge im Kopf. Nach jedem Mal konnte er die nächste Blutspende kaum erwarten, wenn er den Arm ausstrecken und ein kleines Rinnsal Blut entlassen würde. Den Schwindel danach genoss er – es war die einzige Wonne, die das Leben ihm bot. Er musste sich hinlegen und eine Zeit lang ausruhen. So stellte er sich den Beischlaf mit einer Frau vor. Er lernte, in den Maßeinheiten der Krankenschwestern zu rechnen, hundert Gramm, zweihundert Gramm

Blut, dieser rote Saft, den sein Körper so unbeirrbar produzierte. Eines Nachts lauschte er dem Gegröle seiner betrunkenen Nachbarn und rechnete dabei aus, dass er zwei Eimer Blut gespendet hatte. Und er war immer noch nicht tot.

Taghaus, Nachthaus

Roman

Deutsch von Esther Kinsky

»Ein Roman, der die Welt der Träume und des Wachens
auf einzigartige Weise verbindet, und zwar so,
wie es sonst nur das Leben kann.«
Süddeutsche Zeitung, München

Ur und andere Zeiten

Roman

Deutsch von Esther Kinsky

»Eine grandiose Parabel.«
Ilma Rakusa / Neue Zürcher Zeitung

Letzte Geschichten

Roman

Deutsch von Esther Kinsky

»Weil *Letzte Geschichten* vom Sterben handelt,
ist es auch ein Buch über das Leben. Dem Verschwinden
der Dinge und der Erfahrungen setzt Olga Tokarczuk ihre
poetische Imaginationskraft entgegen.«
Jörg Magenau / Falter, Wien

Der Schrank

Erzählungen

Deutsch von Esther Kinsky

»Olga Tokarczuk ist eine Meisterin im Schaffen
von Welten, innerhalb derer sie viele weitere Welten ineinander
verschachtelt oder miteinander verknüpft.«
Doreen Daume / Die Presse, Wien